マティーニに懺悔を

新装版

今野 敏

ハルキ文庫

JN282442

角川春樹事務所

目次

マティーニに懺悔を

第一話　怒りのアイリッシュウイスキー

1

「ああ、もう、やだ。お願いだからもうやめてくんない」

私のとなりで、ショートカットの女が言った。

女は、三木《みき》菫子《すみれこ》という名で、私とは幼なじみだ。

幼なじみとはいっても、私より五歳年下で二十五歳になったばかりだった。

私は、オールドブッシュミルズが満たされたワンショットグラスに口をつけた。

バーテンダーのシノさんに頼み込んで仕入れてもらった珠玉のアイリッシュウイスキーだ。

この酒さえあれば、女のグチにも平気な顔で耐えられる。事実、アイルランドの男たちはそうやって、あの屈強さを培ってきたのだという。本当かな……。

私は、口のなかに広がる心地よい熱さと芳香を楽しんでから言った。

「そんなこと言ったって、やめたら、食い扶持《ぶち》がなくなっちまう」

「それにしてもよ」

菫子はヘネシーの入ったグラスを口もとに持っていって言った。「お茶のお師匠さんなんて、軟弱だと思わない？　もっとびしっとしてほしいのよね。あなたのおじいさんは剣術の先生だったのよ」

「その道場はオヤジの代でつぶれちまった」

「私はいやなのよ、こう、なよなよしたのが」

カウンターのむこうでグラスを拭《ふ》いているバーテンダーのシノさんは、またか、という顔をして私に笑いかけてきた。

菫子はいい女だ。美人でプロポーションがいい。マニッシュな恰好《かっこう》をしていても、自然と色気がにじみ出してくるようなタイプだ。

彼女はピアニストだった。

ストレスのたまる仕事なのだろう。飲むと必ず私に愚痴を言う。たいていは私の職業に関してだ。

菫子は、妹がひとりいるが、男兄弟はいない。幼い頃から男のように育てられたという。

そういえば、いつもどろだらけのズボンをはいて駆け回っていたように思う。

当時からピアノを習っていたが、本格的にやり出したのは、小学生の頃からだった。

その時分にはさすがに、ズボンをはいて空地《あきち》を駆け回ったりはしなかったが、ほとんどの時間をピアノに向かって過ごすようになっていた。

つまり、女らしい習いごとや女としてのしつけなどとは無縁だったわけだ。

音大では男のようなピアノを弾くと言われていた。事実、彼女はリストを見事にこなした。

彼女はつまり、私がお茶の世界で生きることに、潜在的な羨望《せんぼう》を抱《いだ》いているのであり、女としてのコンプレックスを感じているのだ。

それが彼女のこだわりの原因に違いなかった。

だから、私はこの件に関しては彼女に言わせたいだけ言わせることにしている。

「あたし、強い人が好きなの……」

彼女のろれつが怪しげになってきた。

そろそろ引き上げようかと思っていると、出入口のドアが開いて、ヨゼフ・ベンソンが顔をのぞかせた。

商店街のはずれにある、富士見が丘カトリック教会の神父だ。

銀髪に青い眼《め》。

銀髪は白髪なのかもしれない。五十代だと言うが、どう見ても三十代にしか見えない。

「やあ、神父さん」

バーテンダーのシノさんが声をかけた。

ファーザー・ベンソンは、ドアをおさえて、誰かを招き入れるしぐさをした。

若い女性が入ってきて、私たちを驚かせた。

シノさんが、ぽかんと口を開けた顔のまま言った。

「しかも、女連れだ」

この店は、細長いカウンター・バーで、壁ぎわに、ボックス席がふたつある。そのボックス席は、商店街の八百屋のオヤジと中華料理屋の店主、クリーニング屋の主人とコンビニエンスストアの店長に占領されていた。

ファーザー・ベンソンは、カウンターのスツールに腰かけた。

「さ、ここへおすわりなさい」

ベンソンは、若い女性をとなりの席につかせた。

私のとなりがその女性、そのむこうがファーザー・ベンソンだった。

「や、シショウ」

ベンソンが私に言った。「わがふるさとの酒を、今夜も飲んでくれてますね」

「いいんですか……」

私はファーザーに尋《たず》ねた。

「何がですか」

「カトリックの神父が、こういう酒場で酒を飲んで。しかも、若い女性連れで」

ファーザー・ベンソンは、顔をしかめた。

「あなたは何も知らない。神父が酒を飲んでなぜいけない。毎日、私がミサで銀盃から何を飲んでると思ってるんですか。本当にキリストの血だと思ってるんじゃないでしょうね。私は吸血鬼じゃない」

言われてみれば、彼らは、普通の人々がまだ寝ている時刻に祭壇に立って、ワインを堂々と飲んでいるのだった。

ベンソンは言った。

「それに、今夜はお祝いなのです。このお嬢さんが、婚約されました」

若い女性は、恥ずかしそうにうつむいた。

見たところ、二十二、三歳といったところだ。

今どき珍しい、若い女性の恥じらいのしぐさに、私は彼女のこれまでの苦労を見て取った。

神父のはしゃぎようも常軌を逸していた。もともとおかしな神父だが、むやみに騒ぐのが好きな男ではない。

「それはおめでたいわ」

菫子が突然大声でわめいた。「乾杯しましょ、乾杯」

菫子は、完全にできあがっている。

「スミレコ。あなたはいい人だ」

神父はビールのジョッキをふたつ受け取り、ひとつをとなりの若い女性に手わたした。

「さ、シショウ、あなたもいっしょに乾杯してください」

私は、アイリッシュウイスキーのグラスを上げた。

神父は、店じゅうの客に酒をふるまった。

と言っても、全部で十人に満たないし、全員顔見知りだった。

菫子が突然立ち上がった。

「私、お祝いしちゃうわ」

彼女は店の一番奥へよろよろと進んだ。

そこには、埃《ほこり》をかぶったアップライトピアノがあった。

私は驚いた。彼女がこういう場所でピアノを弾くことは滅多にない。

彼女は、バッハの『主よ、人の望みの喜びよ』を弾き始めた。

私はもう一度驚いた。足もともおぼつかない彼女が、ひとつのミスタッチもなく情感豊かに指を躍らせた。

ファーザー・ベンソンは、人知れず十字を切っていた。

菫子が弾き終えると、音楽にはまるで縁のなさそうな商店街の連中が夢中で拍手をした。

ベンソンはひときわ喜んだ。

「さあ、もう一度乾杯してください。ミス・スミレコと、今日、婚約なさった、この、ミサコ・ナガハラのために」

長原美沙子《ながはらみさこ》——私がその名と再度出会うのは、一週間後の朝のことだった。

2

「自殺未遂……」

私は朝刊を見てつぶやいていた。

小さな記事だった。何か大きな事件があれば永遠に紙面に載ることのない、一段のみのいわゆるベタ記事だった。

詳《くわ》しい事情は書かれていなかった。

「失恋のショックによる衝動的な自殺未遂」ということだった。

多量の睡眠薬を飲んだうえで手首を切り、血まみれで意識のない彼女を、スナックづとめの女友達が発見したそうだ。

その念の入った陰湿な方法は、とても「衝動的」とは思えなかった。

私は、自殺未遂をした長原美沙子という二十三歳の女性と、先日、ファーザー・ベンソンが連れていた娘とが、同一人物でないことを祈った。

その日の午後、ヨゼフ・ベンソンが私の家へ現れ、その願いがむなしいものだったことを告げた。

彼は、彼女がかつぎ込まれた富士見が丘病院を訪ねてきた帰りだと言う。

ベンソンは、感情がすべて欠落してしまった眼をしていた。

激しい怒りと悲しみが荒れ狂い、そして通り過ぎてしまったのだろうと、私は思った。

いつもは青々と輝いているその瞳《ひとみ》が、いまは灰色に見えた。

「いったいどういうことになっているんですか」

私は尋ねた。「あなたの眼は、ふるさとのベルファストの空のようですよ」

ベンソンは顔を上げた。

「灰色の空……。むなしい、絶望の色です」

「自分の故郷のことをそういうふうに言えるのは、世界中であなたがただけでしょうね、神父さん」

ベンソンは、ようやく落ち着きを取りもどしたようだった。彼は、かすかに、右頰《みぎほお》をゆがめて笑った。

「シショウ。どうか、ふたりだけでお話ししたいのですが……」

私はすべてを納得してうなずいた。

「では、いつもの茶室へ……」

ベンソンは靴をぬいで、三和土《たたき》から上がった。

私たちは、奥の四畳半へ向かった。

この茶室は、特別の部屋で、滅多に人は近づかないことになっていた。

ベンソンは、その四畳半に入って、正座をした。

冬なので、炉に火が入っており、大釜に湯がわいている。

私は、水屋《みずや》へ行き、茶道口《さどうぐち》から水指《みずさし》を運び出した。塗りの蓋《ふた》のついた瀬戸の水指だ。

さらに、茶巾《ちゃきん》、茶筅《ちゃせん》を仕込み、茶杓《ちゃしゃく》を載せた茶碗と、棗《なつめ》を持って出て置きつける。

茶碗は変哲のない黒楽《くろらく》だが、見る人が見れば、あっと驚く、楽四代一入《いちにゅう》の作だった。

茶杓は、大徳寺大仙院の何とかいう和尚《おしょう》の作で、笹笛などという銘がついているが、これは本物かどうか私も知らない。

最後に、蓋置《ふたおき》を入れ、柄杓《ひしゃく》を載せた建水《けんすい》を運び出し、茶道口の襖《ふすま》を閉めた。

ベンソンは、私が服紗《ふくさ》をさばいて、棗、茶杓を清めるあいだ、じっと私の手を見つめていた。

茶碗に湯をくんで、茶筅の穂先を湯にくぐらせてやる。

ベンソンが言った。

「レイプされたのですよ」

私の手は止まらなかった。

私は自分の手もとだけを見つめている。湯を建水に棄《す》て、茶巾で茶碗を拭く。棗と茶杓を取り、茶碗に初昔《はつむかし》という銘の茶を入れる。

ベンソンの声がした。

「相手は四人だったそうです。四人におさえつけられ、全員に辱《はずか》しめられたのです。その四人は、そういうことにとても慣れた連中だったと言ってました。ヤクザだったのです」

私は、柄杓に水をくみ、釜に入れて湯を練った。茶の精を生かすも殺すも、この瞬間の湯加減で決まる。

湯をくみ、一気に茶碗のなかへ注ぐ。湯は緑の茶を躍らせた。

すかさず私は茶筅を取り、手早く茶を点《た》てた。茶の香が生きかえった。茶畑でみずみずしく茂っていたときの精気を取りもどしたのだ。

私は、表面の泡を茶筅でくだき、茶筅を置くと、ベンソンに茶碗を差し出した。

ベンソンは慣れたしぐさで茶碗を取り込み、私に一礼すると、茶を干した。

「うまい……」

神父はつぶやき、茶碗をもどした。

私は、湯で茶碗をすぐと、茶巾で拭き、自分のためにもう一服点てることにした。

ベンソンは言った。

「彼女の婚約だがね。破棄されましたよ。相手の男は、レイプのことを理由に、正式に弁護士を間に立てて、そのことを彼女に告げました」

私は、棗から茶杓で茶をすくい茶碗に入れた。それを三度繰り返し、三度目には、茶杓を茶碗のへりに軽く当て、茶をはらい落とした。

軽く当てたつもりだったが、意外に大きな音がした。

ベンソンは驚いて私の顔を見た。彼は、私の怒りに気づいたようだった。

「オー、シショウ。もう、おわかりのようですね。そうです。これは、その相手の男が仕組んだことなのです」

私は茶筅を躍らせながら言った。

「いきさつを、詳しく話してくれませんか」

長原美沙子は、ある商事会社のOLだった。

彼女が、篠山健三《しのやまけんぞう》に会ったのは、彼女の友人が勤めるスナックでのことだった。

篠山健三は、巧みな話術で彼女の電話番号を聞き出し、じきに深い仲になった。

篠山健三は、実に気まぐれなプレイボーイだったが、長原美沙子のまえでは誠実にふるまっていたという。

彼が長原美沙子のアパートを訪れるのはまったく不定期で、時には一カ月以上も音沙汰《おとさた》がないこともあった。

そんなとき彼は、決まって仕事が忙しかったと言っていた。

長原美沙子は、彼を信頼していた。金銭のトラブルも一切《いっさい》なかった。

彼女は、つい気を許して、過去の小さな傷を告白してしまったという。

「何ですか、その、彼女の過去というのは」

　私は尋ねた。

「彼女は、短大時代に、一年間だけ、いかがわしい風呂屋に勤めていたことがあります」

「ソープランドですか」

「そうです」

「彼女は生活に困っていたのですか」

「いえ、海外旅行のためのお金を稼ぐのが目的だったようです」

　怒りが少しばかりなえてしまった。

　私は溜《た》め息《いき》をついてから言った。

「……で、彼女の告白のあと、男の態度ががらりと変わったと……」

「そうではないのです。彼は、気にしない、と言ったそうです。そのとき、彼女は結婚の意志を固めたと言ってました」

「なのに、どうして彼女はあんな目に遭《あ》ったんでしょう」

「許すとは言ったものの、さすがに嫌気がさしたのでしょう。男は父親に相談したのです。父親は、話を聞いたとたん、その結婚は許せんと言い、直々《じきじき》に息子と別れるように、彼女のところへ話しに行ったということです」

「過保護もいいところだな」

「父親にとっては、家が大切だったのでしょう」

「家柄がいいのですか」

「合気柔術とやらの師範をしています。何代も続いた流派だそうです」

「合気柔術の宗家か……」

私は腕を組んだ。

「その家は、代々、地元のヤクザとのつながりもあり、今回、ミサコを襲ったのも、そこのヤクザたちなのです」

武道の道場と暴力団というと、一般の人はまったく相容《あいい》れないものだと思うかもしれない。

武道に高潔なイメージを抱くせいだろう。

しかし、特に古い町などでは、武道の道場と暴力団、右翼などが深い関わりを持っていることが少なくない。

古き良き時代には、地回りたちは、その地域の堅気《かたぎ》衆が安心して暮らせるように、よそ者と体を張って戦ったものだった。

そんな時代の親分は、地域の英雄だった。

武術家は、そんな侠客《きょうかく》の意気に感じ、助太刀や用心棒をつとめることがしばしばあった。

組の連中も、武術家には一目置いて「先生、先生」としたっていたのだ。そういう関係の名残《なご》りが、現代でも残っているのだ。

しかし、時代は変わった。

組と武術家の関係は、金銭のからむどこかうしろ暗いものに変貌《へんぼう》してしまったようだ。

「どうやら、今回の一件のシナリオを書いたのは、そのもと婚約者の父親であり、婚約者は、父親の言いなりになったというところでしょうかね」

「まさに、そのとおりです」

ベンソンはうなずいた。「彼女は、そのことを知って自殺を図ったのです」

「彼女が自分で調べたのですか」

「そうらしいです。レイプされて、すぐに、篠山家の弁護士がやってきたので、おかしいと思ったらしい……」

「むちゃな……相手が相手だけに、へたをすると命までが危ないというのに」

「必死だったのですよ、シショウ。くやしくて、くやしくて、そして悲しくて……。それに命だってどうでもいいという気持ちだったのでしょう。忘れないでください。彼女は、自殺を図ったのですよ」

「あなたは、どうしてそのことを知っているのですか」

「告解《こっかい》です。彼女は、私の教会に熱心に通ってくれています」

「クリスチャンなのですか」

「いえ洗礼は受けていません。しかし、教会の門は、あらゆる人のために開かれているのです」

「……しかし、告解の内容を他人に話してはいけないのでしょう」

「そうです。告解の秘密は絶対です。私は、シショウ以外の人には決して話しません。だから、私はこの話を警察にすら話すことはできないのです」

「妙な信用のしかたをしないでください」

ベンソンが何か言い返そうとしたとき、あわただしく廊下を踏み鳴らす音が近づいてきた。

菫子が、勢いよく障子《しょうじ》を開けた。

彼女は、平気でこの奥の間までやってくる数少ない人間のひとりだ。

ベンソンのとなりにすわり、畳の上に新聞を広げると、彼女は言った。

「これ、いったい、どういうこと」

ベンソンは私を見た。

「書いてあるとおりさ」

私は言った。

「どうして、先週、あんなに幸せそうだった人が自殺を図んなきゃいけないの」

「人それぞれに事情があるんだろう」

菫子は、ベンソンを見た。

「神父さんなら、知ってるんでしょう。詳しい事情を」

「いえ……」

ベンソンはしどろもどろだった。「私は、何も……」

「神に誓ってそう言える?」

「オー。勘弁してください」

「やっぱり、ふたりでこそこそと話し合っていたんだ」

菫子は私とベンソンを代わるがわる睨《にら》んだ。

「神父さんにも事情はあるんだよ」

私は、片づけを始めながら言った。

「そのとおりなのです」

ベンソンは訴えかけるように言った。

「私は、ミサコの告解を受けました。告解というのは、私を通して行う、神への告白です。その内容を他人に話すわけにはいかないのです」

「でも」

菫子は私を指差した。「この人には話したんでしょ」

「俺は聞いてないよ。ここでベンソン神父に茶を点ててただけだ」

「嘘《うそ》ばっかり」

「本当だよ」

「いいわよ、教えてくれないのなら、私、彼女に会いに行っちゃうから」

菫子は立ち上がった。

「むちゃを言うんじゃない」

私は言った。「彼女はそっとしておいてやったほうがいい」

「助けが必要かもしれないわ」

私もベンソンも何も言わなかった。

「何よ、大の男が昼間っから薄暗い部屋で茶なんかすすって。不健康だわ。とにかく、私、こういうのって、絶対許せないのよね。きっと相手の男にひどい仕打ちをされたに違いないわ。女がいつも泣き寝入りなんて、がまんできない」

彼女は、去って行った。

「不健康とは、ひどい言いぐさだ」

ベンソンは、あっけにとられたように言った。「どうしてシショウは、日本文化のすばらしさを彼女に伝えようとしないのですか」

「彼女は充分に知っています」

「シショウはいつも、彼女に文句を言われっぱなしだ。私は、シショウが彼女に言い返しているのを見たことがない。なぜですか」

「さあ……」

「そうか、わかりました」

私は顔を上げなかった。

ベンソンは言った。

「彼女に、何か弱味をにぎられてますね」

私は、小さく溜め息をついて、ベンソンを見た。

「神父さんは恋をしたことがありますか」

「もちろん。……なぜです」

「……いや、いいんです」

私は片づけを再開した。

ベンソンが声を低くして言った。

「スミレコの言葉は、そのまま、私の気持ちを語っていました。私も、許せないのですよ、シショウ」

「神父さん」

私は手を止めた。「こう言ってはなんだが、これはよくある話なのです。そう……。あってはならないけれど、ありふれた話なんですよ」

「それがどういうことなのかわかりますか、シショウ……」

「どういうこと……」

「それだけ多くの人が不幸に泣いているということなのですよ」

私はベンソンを見つめた。ベンソンの眼は、何かの決意を物語っているようだった。

彼は最後に言った。

「私たち、イエズス会士は『神の兵士』と呼ばれているのです」

3

三日後、シノさんの店で飲んでいると、突然ドアが開いて叫び声がした。

「たいへんだ」

八百屋のオヤジだった。

店では商店街の連中が三人ほど飲んでいた。

シノさんが尋ねた。

「どうした。何があった」

「神父さんが大けがしなすったんだ」

中華料理屋の店主が尋ねた。

「どうして……。交通事故か」

「いや……。どうやら、ヤーさんにやられたらしい」

「地回りか……」

クリーニング屋の主人が眉《まゆ》をひそめた。

「何でまた、神父さんが……」

「今、どこにいるんだ」

中華料理屋の店主が尋ねた。

「富士見が丘病院にかつぎ込まれたよ」

私は立ち上がった。

シノさんが拭いていたグラスを置き、カウンター越しに私の肩をおさえた。

彼は、小さくかぶりを振った。

私は言った。

「だいじょうぶだよ。神父さんの様子を見に行くだけだ」

私の表情を観察してからシノさんは手を離した。

私は病院へ向かった。

私のあとに、富士見が丘商店街の連中が続いた。

富士見が丘病院というと立派に聞こえるが、個人の開業医に毛が生えたようなものだ。ベッド数は約二十で、内科と外科の医者がそれぞれ一人ずついる。

外科の医者は、土谷俊一《つちやしゆんいち》という名で、肝《きも》のすわった男だった。顎鬚《あごひげ》を生やしていて、山小屋などで出会いそうなタイプだ。

彼はトックリのセーターと、ジーパンの上に、白衣をひっかけていた。白衣に血がついていた。

「神父さんどうなんだ」

外科医の土谷は、私と、私のうしろにいる商店街の連中の顔を見て言った。

「どうってことない。つまずいて転んだ程度のけがだ。今、鎮静剤で眠っている。だから会えないよ。見舞いなら、出直しな」

商店街の連中は、何ごとか話し合いながら引き上げようとした。

八百屋のオヤジが私に声をかけた。

「師匠。シノさんとこ、戻りましょうよ。神父さん、たいしたけがじゃないっていうし、眠ってんじゃしょうがねえや」

私はほほえんで見せた。

「先に行っててください。ちょっと先生に話があるんで」

商店街の連中はうなずいて去って行った。

私は、土谷医師に言った。

「本当にたいした傷じゃないのか」

「ひでえもんさ」

医者は顔をしかめた。「したたか殴られたうえに、左腕をきれいに折られてる。肋骨《ろっこつ》にひびが入っていたが、こいつはたいしたことない。両手の中指も折られてんだよ。こいつは痛いぜ。神父さん、よくションベンもらさなかったと思うよ」

「完全にいたぶられたというわけだな」

「ああ、ヤー公のやりかただよ」

「目を覚ますまでついててやりたいんだが……」

土谷医師は、私を一瞥《いちべつ》してから考え込んでいた。やがて、彼はうなずいた。

「いいだろう。特別に、今夜は個室に入れてある」

二〇一号室だった。

私はそっとドアを開けて病室へ入り、屈強そうなベンソンの顔が、ガーゼと包帯で覆われているのを見下ろした。

私は、窓際へ行き、ブラインドの羽根を指でおさえて、外の景色を眺めた。

平和な商店街と、団欒《だんらん》のある路地裏――。ちかちかする蛍光灯の街灯にそんな見慣れた風景が浮かんでいる。

(神父さん)

私は思った。(あんたは、故郷を離れ、こんな異国の土地で、何のために苦労を好きこのんでしょい込まなきゃならんのだ)

二時間ほど私は、そのまま立ち尽くしていた。

「シショウか……」

　ベンソンの声がして私は振り返った。

「いったい何をやらかしたのです」

　神父は、笑おうとして、顔をしかめた。縫われた下唇がひきつれたのだった。

「篠山の家へ行って、ミサコに謝るように言っただけさ。親子そろって頭を下げろとね。そうするまで、私は何度でも来ると言ってやった」

「ばかな……。これでこりたでしょう」

「とんでもない。起き上がれるようになったら、また行くさ。何度でも。彼らが罪を認めて、正式にミサコに謝罪するまでね」

「何のために」

「言ったろう。私は『神の兵士』だ。尻《し》っぽを巻くわけにはいかない。それに、アイルランドの男は、暴力には屈しないんだ。女のグチには勝てんがね」

　私は溜め息をついた。

「わかりました、神父。俺の負けだ。俺が行くことにしましょう。あんたは、俺を引っ張り出すために、腕まで折ったんだ」

　ベンソンは、かすかに笑ったようだった。

　私は言った。

「神父さんの出番は終わりだ。ゆっくり傷を癒《いや》してください」

　私は部屋を出ようとした。

「お待ちなさい」

私は振り返った。

ベンソンは右手で宙に十字を切った。

「主の祝福を」

「多少、荒っぽいことになりますが、神は暴力を見過ごしてくれるんですか」

ベンソンは言った。

「私の神は、正しくそして強い者を祝福します」


ベンソンに、住所を聞き、私はタクシーで篠山の屋敷に乗りつけた。

「昭啓《しょうけい》流合気柔術」の大看板のとなりに「全日本護身術協会会員」という聞いたこともない組織の看板が並んでいる。

さらに、そのとなりの表札を見て、私は驚いた。

「都議会議員、篠山隆一郎《りゅういちろう》事務所」と書かれていた。

ベンソンはひとことも言わなかったが、篠山健三の父親は、都議会議員の篠山隆一郎だったのだ。

「ベンソンのやつめ」

私はつぶやいて、インターホンのボタンを押した。

「先生は、お会いにならないそうです」

体格のいい若者が出てきて、私にそう告げた。おそらく、道場の内弟子で、議員事務所の鞄《かばん》持ちのひとりでもあるのだろう。

「では、こうお伝えください。ベンソン神父の代理として、今後は、私がうかがうことになります。明日にでも、また出直します」

その夜は、そのまま引き上げた。

翌日の昼過ぎ、私は予告どおり、篠山邸を訪ねた。屋敷のほうではなく、「昭啓流合気柔術」とやらの道場のほうに回る。

都議会議員の篠山隆一郎には会わせてもらえなくても、合気柔術の師範・篠山隆一郎に会う方法はある。

窓から道場のなかをのぞくと、十名の門弟が稽古《けいこ》をしている。指導に当たっているのは、前夜、私を門前払いにした若者だった。

私は、古い木の引き戸を思いきり蹴《け》り倒し、土足で道場へ上がった。

私はチャコールグレーのスーツ姿だった。一見サラリーマン風の男が突然過激に登場したので、門弟たちは啞然《あぜん》とした。

血の気《け》の多そうなのが、まっさきにわめいた。

「な……何者だ」

私は、その男に近づいた。大学の体育会といった風情《ふぜい》の男だった。

私は言った。

「一手、ご指南を」

相手が身構えるより早く、一歩踏み出し、掌底《しょうてい》で顎を突き上げる。と同時に、右手を引き、ターンした。

相手の体はふわりと宙に浮き、腰から落ちた。

道場内が一気に色めきたった。

「道場破りか……」

門弟たちが私を取り囲んだ。私は、靴をぬいだ。若い門弟にけがをさせるのが目的ではない。

私を囲んだのは五人。いずれも腕に自信がありそうな顔つきをしている。

初心者は、正座してなりゆきを見つめている。

師範代の若い内弟子は、腕組みをして離れて立っていた。

五人の包囲網がじりじりと狭まってくる。

手や衣服をつかまないと技をかけられないこの手の武術家は、間合いのおそろしさというものを知らない。

私は、彼らがこちらの間合いに踏み込んだ瞬間に、蹠《しゃく》を見舞った。空手でいう前蹴りだ。

さらに、その足を降ろさずに引きつけ、蹣脚《たんきゃく》へもっていった。空手の足刀《そくとう》蹴りだ。

蹴りの速さに、払うこともできず、まずふたりがもんどり打って床に倒れた。

次に、不用意に、横から近づいてきた男の顔面めがけ、掛捶《かすい》を叩《たた》き込んだ。空手でいう裏拳である。

スナップの効いた掛捶で、その男は、二メートル吹っ飛んであおむけに倒れた。

私は、後方で油断している男に、反挑腿《はんちょうたい》という後ろ蹴りを見舞っておいて、身を沈め、最後に、正面の相手に正拳《せいけん》を見舞った。

鳩尾《みぞおち》――水月《すいげつ》のツボを突かれた相手は、一瞬動きが止まった。その顔面を、フックの要領で殴る。相手は、くるりとひとひねりしてから、尻もちをついた。

この間、約二秒しかかからなかった。

私は師範代を睨んだ。

彼は腕を組んだまま言った。

「中国拳法か……」

「いや」

私は言った。「私は、茶道の師範で、この武術は代々わが家に伝わっているものだ」

師範代は頭にきたようだが、本当のことだからしかたがない。

「ふざけたことを……」

私の家では、代々剣術を教えていたが、私の曾祖父にあたる人物が、大陸で従軍し、その際に、中国拳法に武術家の魂を魅了されてしまったのだ。

その人物は、羅漢拳《らかんけん》、通臂拳《つうひけん》さらに中国武術の奥義《おうぎ》といわれる八卦掌《はっけしょう》を学んで、帰国した。これからは剣の時代ではないと豪語したその先祖は、剣に加え、これらの拳法を練り上げた。空手の船越義珍《ふなこしぎちん》翁にも師事したことがあるという。かくして、わが家の男子は、すべてこの独特の拳法を学ぶことになったのだった。

「茶道にわが昭啓流が敗れたとあっては、末代の恥だ」

師範代はよほど動転したらしく、訳《わけ》のわからないことを言っている。

彼は、私に向かって身構え、一同に言った。

「みんな、さがっていなさい」

私は、彼に左肩を向け、半身に構えた。

相手はいっこうに仕掛けてこようとしない。当たりまえだ。関節技を中心とする柔術系の武術は、敵が動いてくれなければほとんど威力を発揮しない。

当て身技もあるのだろうが、突き蹴りを専門に鍛練する空手や拳法の相手ではない。

私は、フェイントのつもりで、ゆっくりと左手を出してやった。

相手は、信じがたいほど簡単に、そのさそいに乗った。

実戦のかけひきを知らないとこういうことになる。おそらく、この連中は、型を決めた約束ごと中心の技のかけ合いを練習の中心にしているのだろう。

相手が私の左手をつかんだ瞬間に、私は、低い回し蹴りを放った。相手の膝上《ひざうえ》十センチの外側を狙《ねら》ったのだ。そこは急所だ。

見事にヒットして、相手は、大きくバランスを崩した。ローキックの痛さに驚いたに違いない。蹴られた者でなければわからない痛さだ。

若い師範代は、両手を振ってバランスを取ろうとした。顔面ががらあきになる。私は、思いきり腰をひねって正拳をそこに叩き込んだ。

彼はその一発で気持ちよさそうに眠った。

あまりのあっけなさに、門弟たちは声を失っていた。

彼らは打突系武術のスピードを知らない。突きや蹴りの引きは、文字どおり目に止まらない。それをつかまえて技をかけるなど、実際には不可能に等しいのだ。

私はゆっくりと靴をはいた。

戦い終了の宣言だった。

門弟たちが、いっせいに道場の入口を見た。

そこには篠山隆一郎が立っていた。

腹が突き出たビヤ樽《だる》のような体格だ。このたるんだ体の持ち主が武術の宗家だというのだからなげかわしい。当然、実戦における実力は、今戦った師範代のほうが上だろう。知っている技の数は多いだろうが、その技を出すまえに、床に大の字になるだろうことは明らかだ。

「どこの者だ」

しわがれた声で篠山隆一郎は言った。さすがによごれた裏の世界を生き切ってきただけあって、眼力には鋭いものがある。

「ベンソン神父の代理の者だ」

私は言った。「神父の要求を伝えに来た。これだけ言えば、あんたには何のことかわかるだろう。もちろん、道場の看板などいらない」

私は、篠山隆一郎のほうに向かってまっすぐに歩いた。

彼は、私が蹴破った出入口の脇《わき》によけ、私に道をあけた。

すれちがいざまに、彼は言った。

「このままで済むと思わんでください」

私は、彼に背を向けたまま言った。

「早いうちに、彼女のところへ謝罪に行きなさい。私が言いたいのはそれだけだ」

4

私は、その夜から秘《ひそ》かに董子のあとをつけ始めた。篠山隆一郎は、私が道場から引き上げた瞬間から、あらゆる手を使って私のことを調べ始めたに違いない。

彼らのやり口はわかっていた。

やつらが現れたのは、翌日の夜だった。

レッスンの帰り道、駅から富士見が丘商店街へ向かう人気《ひとけ》のない通りで、ひとりの男が董子に声をかけた。

時刻でも尋ねたのだろう。

董子が立ち止まったとたん、残りの三人が姿を現した。ひとりがうしろから口をふさぐ。最初に声をかけた男が、董子の鳩尾に拳《こぶし》を打ち込んだ。

董子は、ぐったりとして抵抗する気力を失ったようだった。

四人の男は、董子を車のなかに押し込んだ。

土建会社の社名の入ったステーションワゴンだった。

これで相手がわかった。

私は必死に怒りをこらえ、表通りへ出てタクシーをひろった。

夜中だというのに、その土建会社の看板をかかげた事務所は明かりがついていた。

私は、乱暴にそのドアを蹴った。

何の反応もない。

私はもう一度ドアを蹴った。

角刈りに濃い色のサングラスをかけた男の顔が、突然、ドアのむこうから現れた。

「何だ、おめえは」

品のないおどしで、格が下のチンピラだとわかる。

私は、おだやかな表情のまま、両手をそっと掲げた。

「な……何だ……」

男は、首をひっこめようとした。私の両手はその頭をとらえていた。

それを引きつけて、膝頭に叩きつけた。鼻の骨が折れるのがわかった。

すぐさま、その頭を突きはなし、顎にアッパーカットを見舞う。チンピラは、事務所のなかにひっくり返った。

事務所内がどよめいた。

三人の男が外の広場に飛び出してきた。

彼らは手際よく散り、私を三方から囲んだ。

この三人は喧嘩《けんか》慣れしている。昭啓流の門弟たちのようにはいかない。

まえにふたり、うしろにひとりだ。

右側の男は角刈りで体格がいい。

左側の相手はパンチパーマをかけた背の高い男だった。

うしろにいる男は、頭を剃《そ》っていた。

私は、軽く膝を曲げ、踵《かかと》を浮かせた。

角刈りの男が、野太い声で吠《ほ》えた。

「てめえ、何のつもりだ」

私は何も答えなかった。

「なめやがって」

つぶやくように言うとパンチパーマの男が殴りかかってきた。ボクサーくずれらしい。

素晴らしいスピードのワンツーだった。

敵が複数のときは、攻撃を受けてから反撃している余裕はない。徹底してカウンターを狙うしかないのだ。

ワンツーに対処するコツは、最初のジャブを無視することだ。次のストレートかフックに合わせてカウンターを出す。

私は蹴りをカウンターに使った。

一瞬、パンチパーマの動きが止まる。すかさず私は彼のうしろを取り、後頭部に頭突きを見舞った。頭突きは、どんなときでも、確実な威力を約束してくれる。

私のうしろからつかみかかろうとしていた剃髪《ていはつ》の男のまえに、無力になったパンチパーマの体を投げ出してやる。剃髪の突進は、それで防げた。

角刈りの男が、大振りのパンチを繰り出してきた。

私は、それをかいくぐりながら、肋骨めがけて正拳を叩き込んだ。

しかし、角刈りのパンチはフェイントだった。相手の膝が、私の顔面に炸裂《さくれつ》した。一瞬、目のまえがまばゆく光り、やがて無数の星が四方に散っていった。腰がたよりなく浮き上がる。

私はかろうじて立っていた。

目のまえに、右のあばらをおさえた角刈りの男が立っていた。

彼は、何ごとか罵《ののし》ると、左右のフックを私の頬に見舞ってきた。そのたびに、目の奥が光った。鼻の奥がキナ臭くなる。

角刈りは狙いすまして三発目のフックを放った。

私は手刀でそれを受け、同時に相手の腕を巻き込んだ。一瞬逆関節になる。その肘《ひじ》に、私は膝蹴りを叩き込んだ。腕は不自然な方向に折れ曲がった。

角刈りの男は、すさまじい悲鳴を上げて座り込み、失禁した。

「こいつは、神父の分だ」

私は、剃髪の男を振り返った。彼は、大きく目をむき、匕首《あいくち》を抜いた。私は、その瞬間に、わずかの容赦もしないことを決心した。

私は、相手を睨みすえながら、上着を脱いだ。

闘牛士のように、上着を正面に掲げる。

相手は、これで目標を失うのだ。

剃髪の男は匕首を袈裟《けさ》がけに、そして縦横に振った。

そのたびに、私は、円を描く足運びでかわした。

最後に相手は、セオリーどおり、匕首の刃を上に向け、柄尾を腹に固定した左手でおさえ、体ごと突っ込んできた。

まさに闘牛だった。

相手の匕首は私の背広を見事に引き裂いた。

だが、次の瞬間、私の手刀を首筋にくらって、男はうつぶせに倒れていた。

私は、サッカーの要領で、その頭を蹴った。インステップキックだった。首が飛んで行かないのが不思議だった。

私は、事務所の入口へ向かった。パンチパーマの男が起き上がろうとうごめいていたので、あばらを足刀で蹴りおろしてやった。肋骨二、三本が確実に折れた。


事務所のなかには、恰幅《かっぷく》がよく眼が底光りする中年男と、古風な和服姿の老人がいた。

中年男は、貫禄《かんろく》からいって若頭《わかがしら》といったところだろう。

その男が言った。

「どういうお考えか知りませんが、こういうことをされると、困りますね」

言葉は丁寧《ていねい》だが、眼が凄《すご》んでいる。たいへんな迫力だ。

私は顔の血をぬぐって言った。

「そっちこそ、こいつは高くつきますよ」

中年男が何か言おうとした、そのとき、和服姿の老人が、音をたてて立ち上がった。

中年男は、振り返って不思議そうな顔をしていた。

老人は、幽霊でも見たような顔をしている。

彼はつぶやいた。

「あんた……。富士見が丘の若……」

中年男は、わずかにうろたえて尋ねた。

「オヤッさん。こいつをご存知で……」

老人の顔にみるみる血の気がさした。彼はわなわなと震えると、怒鳴《どな》った。

「ばかやろう。てめえたちゃ、何てことを……」

中年男は訳がわからず、組長と私の顔を交互に見ている。

私は言った。

「私の大切な人が、ここにいるはずだが」

組長は言った。

「勘弁してくれ、若……。俺たちゃ知らなかったんだ。篠山のやつに命じられるまま、女をかっさらってきた――ただ、それだけなんだ。相手があんただとわかっていりゃ……」

おおかた菫子をまた四人で犯し、写真でも撮るつもりだったのだろう。

「まだ無事なんだな」

組長はうなずいた。「危ないところでしたよ」

「じゃあ、彼女を責任持って送ってやってくれるな」

「若がお連れにならないんで」

「訳ありで、俺は顔を出したくない」

「わかりやした。おまかせください」

「たのんだよ」

私は、事務所をあとにした。

中年男の「誰なんです、ありゃあ」という声と、「やかましい」という組長の怒鳴り声が背後で聞こえた。

翌日、長原美沙子の病室を、篠山親子が見舞うという知らせがベンソンからあり、私は、病院へ出かけた。

ベンソンは、左手を首から吊《つ》っていたが元気だった。私たちは、謝罪の場に立ち会った。

長原美沙子は、篠山親子にきっぱりと言った。

「慰謝料はしっかりともらうわよ。いいわね。それから、ヤクザを使って強姦させたこと、告訴してやるわ。おぼえてらっしゃい」

ベンソンと私は顔を見合わせた。ふたりとも同じことを考えていた。女は強い――。

5

シノさんの店の客は、左手をギブスで固めたベンソンと私だけだった。

「やっぱり、シショウが出なくちゃ、こういうことは片づかない」

「もういやになったんですよ」

武道の道場と極道の関係――うちの剣術道場でもそれは例外ではなかった。私の祖父は、戦後の修羅場《しゆらば》のなかで、愚連隊どもと大暴れをして、勇名をはせたのだ。その時期に、多くの極道者と義兄弟の盃《さかずき》を交わすという、たいへん迷惑なことをやってくれたのだ。

その義兄弟たちは、今や、その世界では大物になっている。彼らは、わが家に伝わる強力無比の拳法のことも知っており、半ば伝説化しているというわけだ。

この町内でそれを知っているのは、シノさんとベンソンだけだ。幼なじみの菫子すら知らない。

「しかし」

ベンソンは言った。「そんなに強いのに、あなたはどうしてそれを隠してるのか」

「茶人だからさ」

「茶人」

「そう。俺は客をもてなすことに一生をささげる茶道の師範です。もし、客が私の拳法のことを知ったとする。客は私に必要のないおそれを抱くかもしれない。私は、それがいやなんです」

「スミレコにも知られたくないのですか」

「そう。私は、それが俺の茶の道だと思っているのです。言ってみれば、忍ぶ心です」

「日本のことわざを思い出しましたよ」

「ほう……」

「茶の道はヘヴィ」

私はベンソンの顔を見つめた。

勢いよく店の入口が開いた。

菫子が飛び込んできた。

「ねえ、聞いて、聞いて。ゆうべ、すっごくこわかったのよ」

私は、ほほえみながら、シノさんに菫子のヘネシーを注文した。

第二話　ヘネシーと泡盛《あわもり》

1

日が暮れた渋谷の街を歩いているときから、背後に視線を感じていた。

電車に乗っていても、私は気になっていた。

今日は、菫子《すみれこ》の買い物につきあわされたのだ。

彼女と街を歩いていると、たいていの男は讃美と羨望の眼差《まなざ》しを私たちに向ける。

決して悪い気はしないが、今のところ彼女は、私の幼なじみでしかない。私より五歳年下で、今二十五歳の彼女は、たぶん私のことを兄のように思っているのだろう。

ときどきこうして、買い物などに呼び出されてしまう。

菫子ほどの女なら、言い寄る男も多いだろうに、こうして私にお声がかかるというのは、私に対して安心感を抱いているからだろう。

つまり、まだ男という意識を持っていないのではないだろうか。

電車から降りても、視線はついてきていた。明らかに、私たちはつけられている。

いつも街中で感じる男たちの羨望の眼差しとは異なっていた。

いくぶん殺気のようなものをはらんでいる剣呑《けんのん》な視線だ。

私は、気づかぬふりを続けていた。

「ねえ、こっちを通って行きましょうよ」

菫子が言った。「そのほうが近道だわ」

私たちが住む『富士見が丘』へ行くには、菫子の言った道が確かに最短距離ではあった。しかし、その道はすぐにこまごまとした小路《こみち》に分かれ、古い飲み屋街へと通じる。その飲み屋街が、けっこう物騒《ぶっそう》な一帯なのだ。

もともとは、地回りたちの縄張りだったのだが、そこへ大組織を後ろ楯《だて》にして新興暴力団が進出してきて、目立たないながらも、小競合《こぜりあ》いを繰り返しているのだ。

このまま商店街づたいに行ったほうが、少しばかり遠回りになるがずっと安全だった。

「そっちの道は好きじゃない」

「気が弱いのねえ。あなたのおじいさまが聞いたら何と言うかしらね」

「祖父は関係ないだろう」

「立派な剣術の師範だったわ」

わが家は剣術の道場だった。父親の代でその道場はつぶれてしまった。

「そう。そして私は茶道の師匠だ。だが、剣術の師範も茶道の師匠もたいして変わらんよ」

「そうかしら。それなら、どんな場所だってこわくないでしょ」

菫子はどんどんと細い路地の奥へ進んでいった。

私はしかたなくそのあとに続いた。

案の定、赤提灯《あかちょうちん》のまえで喧嘩をしていた。素人《しろうと》ではないがプロでもない。三下どうしのゴロマキだった。

二対二でいい勝負だった。

片方のひとりは、鼻から血をしたたらせていたし、その相手のひとりは唇を切って、服に血の花を咲かせていた。

「まったく、いやね、ヤクザって」

菫子は遠慮のない声で言った。

「これじゃ通れない。引き返そう」

私は菫子の手を引いて踵《きびす》を返した。歩き出そうとしたが、立ち止まらざるを得なかった。

本物のヤクザがそこに立っていた。

喧嘩をしている連中よりはるかに格が上だった。右の眉に刃物の傷跡があった。眼が異様な光りかたをしている。

青白い火花が奥でまたたいているようだ。暴力の現場にいるヤクザほど始末におえないものはない。

「ヤクザが何だって、お嬢さん」

そいつが凄んだ。

私たちは行くことももどることもできなくなってしまった。

このあたりの飲み屋では、従業員も客もこういういざこざに慣れて、野次馬《やじうま》になろうともしない。まして や、警察に通報しようとする者などいない。見て見ぬふりで暮らしていかなければならないのだ。

「通してくれませんか」

私は言った。「帰りを急いでますんで」

「通りたきゃ通んなよ」

ヤクザは小さく顎《あご》をしゃくった。

喧嘩のどまんなかを横切って行けと言っているのだ。

私は溜め息をついた。

喧嘩はエスカレートして、片方がナイフを抜いた。まだドスも持たしてもらえない連中だった。

相手方もナイフを出した。

「じゃあ——」

私は言った。「行っていいんですね」

「いいともさ。行けるもんならな……」

私は、紙袋を全部菫子に手わたした。

「どうするのよ」

菫子は私にささやいた。

「あそこを通って帰るしかなさそうだ」

「そんな……。あのナイフが見えないの」

「ここを通ると言い出したのは誰だ」

菫子は何も言わなかった。

私は彼女の右手を左手で握った。

「私がいいと言うまで目を閉じてるんだ。いいか、絶対に目を開けるんじゃないぞ」

彼女は目を閉じた。

私は菫子の手を引いて、彼女がつまずいたりせぬようゆっくりと歩を進めた。

ヤクザがどんな顔をしてるか気になったが、私は振り向かなかった。

二対二で対峙《たいじ》しているチンピラが徐々に近づいてきた。

ふたりはこちらに背を向けている。

そのうちのひとりが、私たちに気づいた。

「何だ、てめえは」

下品なおどしをかけてきた。

私は、無言で歩調を変えず進んだ。そのチンピラは、私をつかまえようと手を伸ばしてきた。

私はその手を、右手で巻き込むように受け流した。チンピラの体が前のめりになる。私は肩の付け根にある『穴《けつ》』を指で突いた。

『穴』というのは、中国武術の用語で、簡単に言えばツボのことだ。

『穴』には四つの種類がある。

強く突けば死亡する穴を『死穴《しけつ》』という。

また、突かれると全く知覚を失う穴を『唖穴《あけつ》』、突かれるとたちまち気絶する穴を『暈穴《うんけつ》』、そして、同様に手足をしびれさせる穴を『麻穴《まけつ》』と呼んでいる。

そして、この穴を突く技法を『点穴《てんけつ》』という。

私が点穴をしたのは、麻穴だった。

チンピラは、一度のけぞり、肩口をおさえてうわごとのような声を出した。

肩から下がしびれてまったく動かなくなってしまったのだ。

そのチンピラの仲間が思わず振り向いた。そいつの左右の肋骨の間——太陽神経叢《たいようしんけいそう》に当たる『当門穴《とうもんけつ》』を、下方から素早く点穴してやった。

その男は、ナイフをぽろりと落とし、放心したような顔で尻もちをついた。

相対していたチンピラたちは、正面から見ていたにもかかわらず、私が何をしたのかわからなかったに違いない。

私が手前のふたりを無力にしたことで、保たれていた力のバランスが一気にくずれた。

むこう側にいたふたりのチンピラがとどめを刺そうと、声を上げて襲いかかってきた。

私は、菫子を体のうしろへかばい、そっと足を踏み出した。

ナイフが私の鼻先をかすめる。

それを右手で受け流しながら、私は、相手のすねの外側の一点に、小さな蹴りを入れた。

一瞬にしてその男の足は、しびれてしまった。

片足に力が入らなくなった男は、もんどり打って地面に転がった。

突進していたもうひとりも、その男につまずいて、転倒し、飲み屋の入口の柱にしたたか頭を打ちつけた。

喧嘩はおさまった。

私はそこを通り過ぎた。

そのまま去るつもりだった。だが、私は思わず振り返ってしまった。

兄貴分のヤクザが、チンピラたちを足蹴《あしげ》にしていた。

そのむこうに、見たことのない男が立っていた。私を振り返らせたのは、その男の視線だった。

薄汚れた黒いオーバーコートを着て、手にすりきれた革のボストンバッグをひとつ下げている。

長い髪をすべてうしろへ流している。まるで、由比正雪《ゆいしょうせつ》だ。その男は鋭い眼でじっと私を見つめていた。

私たちをつけ回していたのはこの男にまちがいなかった。

私は眼をそむけ、歩き出した。

「もう目を開けていいぞ」

菫子は、振り返ってうしろの様子を見た。

「いったいどうなったの」

「やつらが勝手にやり合って、勝手にひっくり返っちまった。相打ちってところかね。その脇をすり抜けてきただけさ」

2

ドアを開けると、カウンターのなかから、バーテンダーのシノさんが笑いかけてきた。

「やあ、シショウ、おそろいで、とてもイイネ」

怪しげな日本語で話しかけてきたのは、ヨゼフ・ベンソンだった。

客はベンソン神父だけだった。

私は菫子の紙袋を店のすみに置いて、ベンソンのとなりに腰を降ろした。

「まずビールをくれ」

シノさんはうなずいた。

「菫子さんは、これですね」

彼は、棚からヘネシーのボトルを取り出して言った。

菫子は、私のとなりでうなずいた。

私たちは軽くグラスを合わせた。

「だからね」

菫子は、ブランデーを一口飲むと、思い出したように突然話し出した。「納得できないわけよね。うまい具合に、私たちが通ろうとするときに、両方が突撃し合ってひっくり返るなんて」

「まだそんなこと言ってるのか。無事だったんだからいいじゃないか」

「どうして私に目をつむらせたの」

「こわい思いをさせたくなかったからさ」

「そんなの、おかしいわよ」

「それ以外に説明のしようはないな」

「ねえ聞いてよ」

菫子は、ベンソン神父とシノさんに、さきほどのできごとを手振り身振り入りで説明した。

「ほう……」

シノさんは、私を一瞥してから言った。「そいつは危機一髪でしたね」

「でもね」

菫子は言った。「そんなにうまくいくと思う？　ふたりとも、かすり傷ひとつないなんて……」

「それは、私と仲よくしているからです」

ベンソンが言った。「知らなかったのですか。神にもコネは通用するのですよ」

「そう。神様が味方してくれたんでしょうよ」

シノさんが言う。「いいじゃないですか。無事だったんだから」

「誰か助けてくれたんじゃないかしら」

私は菫子をまじまじと見つめた。彼女はさらに言った。「ね、あなた、その人のこと隠してるんじゃないの」

「どうして私がそんなことをしなくちゃならないんだ」

「そうね……」

彼女は眉を寄せて考えるふりをした。

「その男は、すごく素敵な人で、私がその人のこと好きになるのがこわかったとか……」

私は返す言葉が見つからなかった。

菫子は明るく笑った。「冗談よ」

私は黙ってビールを飲み干した。

「あ、もうこんな時間」

菫子は時計を見て言った。「私、帰ってレッスンしなくっちゃ。今日はつきあってくれてどうもありがとう。じゃあね」

彼女は紙袋をかかえて帰って行った。彼女はピアニストだ。毎日のレッスンは欠かせない。

「やれやれ」

シノさんが私のほうを見た。「彼女にかかっちゃ、若も形無しですね」

「シショウはものすごく強い。なのに、それをスミレコに隠している。なぜだかわからない」

ベンソンはかぶりを振った。

「わが家に伝わる拳法は、いわば秘伝なのです。秘密を守らねばならないのですよ」

「だが、私とシノさん、そのことを知っている」

「あなたがたは例外です」

「例外をもうひとり増やしてもいいでしょう。スミレコはいずれ、あなたのワイフ——違いますか」

「勝手に決めんでください。とにかく、私と菫子は今のままでいいんです」

「あなたの心は東洋の神秘ね。まったく理解できない。それに、あなた、発音もよくない」

「何のことです」

「ヒデンじゃなく、ヒドゥンと発音するのですよ」

ベンソン神父は『秘伝』と『hidden』（隠された）を勘違いしているのだ。

しかし、この神父のことだからわからない。駄洒落《だじゃれ》のつもりで言っているのかもしれない。私は黙っていた。

ふと私は、長髪の、黒いコートの男のことを思い出した。

彼のことが妙に気になった。

翌日は茶道の稽古日で、日が暮れるころから、若い女性が集まり始めた。

女子大生もいればＯＬもいる。もちろん、近所の主婦もまじっていた。

稽古は、かつての剣道場を改造した広間で行われる。

奥には、古くから四畳半があるが、そこには滅多に人を入れないようにしている。

ものすごく大ざっぱな言いかたをすると、茶室というのは狭くなればなるほど格が上がると考えていい。

四畳半は、わが家の最高の茶室なのだ。

広間に、十人ほどの女性が集まった。私は稽古を始めた。

溜塗《ためぬ》りの方円卓《ほうえんじょく》という棚を使った炉点前《ろてまえ》だ。

方円卓は、四角形の地板と円形の天板を二本の柱で支えた棚で、裏千家では、十四世家元淡々斎の好みということでよく使われるようだ。

たいへん素朴な棚なので、わが相山流でも比較的よく使っている。

亭主《ていしゅ》と半東《はんとう》を決め、あとは客に回ってもらい、私は貴人畳の位置にすわって、点前《てまえ》を見る。

点前が始まって五分ほどたった。玄関のほうで何やら野太い声が聞こえる。

「お客さまのようですね」

先輩格に当たる近所の若奥さんが言った。

「すいません」

私は言った。「稽古の途中なので、ちょっと出てもらえませんか」

うなずいて、若奥さんは立ち上がり、玄関へ向かった。

玄関と広間はそう離れてはいない。

客と若奥さんのやり取りがはっきりと聞こえてきた。

「あの……。どちらさまでしょうか」

「わたくし、武芸修行中の者。こちらの師範どのにお目通り願いたく、参上いたしました」

「はあ……」

「こちら、示然《じねん》流剣術の道場とうかがい、やってまいった次第です」

「いえ、私どもは相山流でございます」

「ほう……。流派を変えられたか。ゆえあってのことでございましょう。かまいません。お取り次ぎいただきたい」

廊下を小走りにわたってくる音がする。

若奥さんが目をむいて、私の顔を見た。

「先生……」

若い娘さんたちも、私の顔を見つめている。

私は言った。

「今、手が離せないと言ってください」

「ちょっと変な人なんですよ。妙に時代がかっていて……」

「どんな用があって来たのかも聞いてください」

彼女は不承ぶしょう立ち上がって、再び玄関に向かった。

「師匠は今、手が離せないと申しております」

「よくある手ですな。女人に応対に出させ、門前払いを食わせる――」

「あの……。いったいどんなご用でしょう」

「さきほども申し上げました。私は、武芸修行中の身」

「はあ……。それはたいへんでございますわね」

「ここまで申せばおわかりでしょう」

「何がです」

「一手ご指南いただきたいのです」

野太い男の声は、荒くなってきた。じれているのだ。

「指南……。うちの師匠がですか……」

「そうです」

男はついに大声で言った。「私は道場破りに来たのです」

「道場破り……」

「相山流とか申されましたな。師範どのは、ご在宅ですな」

「あ、あの……。ちょっと……」

廊下を勢いよく踏み鳴らす音。そのうしろから、ぱたぱたと小さな足音が追ってくる。

「ここか」

男の大声がして、障子が勢いよく開いた。

黒いすり切れたオーバーコートを着て、長い髪をすべて後方へなでつけた男が立っていた。

やはりこの男だったか、と私は思った。

そのときの顔は見ものだった。

彼は、わが家がまだ剣術の道場をやっていると思い込んでいたのだ。

広間に正座しているあでやかな若い娘たちを見て眼を見張り、次に顔を赤らめ、やがて脂汗を流し始めた。

男は私を睨んだ。

「長いこと茶の師匠をやっているが、道場破りはあんたが初めてだ」

私は言ってやった。

「茶道だと……」

「そう。示然流剣術の道場は父親の代から相山流茶道の道場に変わったんですよ」

3

「道場破りですって……」

シノさんが言った。「おたくにですか」

私はうなずいた。

「しかし……」

カウンターで飲んでいた八百屋のオヤジが尋ねた。「茶道の道場に、道場破りねえ……。いったい、何をやっていったんです、その男は」

「何も」

私は言った。「目を白黒させて帰って行きましたよ」

「お茶の一服も、点《た》ててあげればよかったじゃないか、シショウ」

ベンソンが言った。「それが茶人の心得というものでしょう」

「忘れてましたよ、神父さん。あまりのことだったんでね」

「それで――」

菫子が好奇心に眼を光らせた。「どんな人だった」

「やけに時代がかったやつだったな。こう、肩くらいまである髪をオールバックにしてね。けっこう端正な顔をしていた」

「会ってみたいわね……」

私は苦笑した。

そのとき、店のドアが開いた。

「本当に会ってみたいか」

「ええ」

「ご本人の登場だ」

店中の人間が、その男に注目した。彼は私だけを見ていた。

男は、カウンターにすわっていた私の背に歩み寄った。

私は何も言わず、ブッシュミルズを口にふくんだ。

男が言った。

「あんたが、あの示然流道場の跡継ぎだということはすぐにわかった」

私は黙って背を向けていた。

彼は続けて言った。

「それで、しばらくあとをつけさせてもらった。どの程度の腕かを見るためにな」

私は振り向かぬまま言った。

「……で、わかったでしょう。私はあくまで茶の師匠なんです。どこで聞いてきたか知らないが、示然流の道場はもうないんです」

「わかったとも。……あの飲み屋街でチンピラ同士の喧嘩があったとき、あんたは……」

「何にします、お客さん」

シノさんが大声で言った。「まず、どこかに腰を降ろしてくださいよ」

「ここへかけるといいわ」

菫子が私のとなりの席を譲った。

長髪の男は、菫子の顔を一目見て、はっとした。そのまま無遠慮に彼女の顔を見つめている。

私は、シノさんと、ベンソンの顔を見た。

八百屋のオヤジは自分のビールびんを持ってすみっこへ移動していた。

菫子は、男の視線にとまどいながら尋ねた。

「どうかしましたか」

長髪の男は菫子を上から下まで、何度も眺めた。

「こりゃあ、いい女だ」

男の視線に辟易《へきえき》しながらもほほえんだ。

「どうもありがとう」

「示然流の跡継ぎをつけ回すようになってから、あんたのことも二度三度見かけていた。しかし、近くで見て初めて気がついた。あんた、いい女だ」

「お客さん」

シノさんが声をかけた。「何を飲みますか」

彼は私に気をつかっているらしい。

長髪の男が言った。

「泡盛《あわもり》はあるか」

シノさんは申し訳なさそうに首を振った。

「あんたは何を飲んでいる」

男は菫子に尋ねた。

「ブランデーよ。ヘネシー」

「彼女と同じものをくれ」

シノさんはうなずき、グラスにヘネシーを注いだ。

男はそれをぐいと飲み干すと、言った。

「うん。この酒は、まさに、あんたみたいな酒だ」

ベンソンが大声で笑い出した。

「この人には、わがアイルランドの血が混じっているんじゃないのかね、シショウ」

「さあ……。本人に訊《き》いてみるといい」

ベンソンは、長髪の男に言った。

「そのスミレコさんのことだったら、あきらめたほうがいい」

「なぜだ」

「このシショウがスミレコに惚《ほ》れている。スミレコもシショウが好きだ」

「本当か……」

「ちょっと、神父さん。初対面の人に変なこと言わないでよ」

私はあえて何も言わなかった。否定してもしなくても問題がこじれそうだった。

長髪の男は私のほうに向きなおった。

「俺の名は、屋部朝徳《やべちょうとく》。沖縄から武芸の旅を続け、ここまでやってきた。この富士見が丘に、示然流《じねん》という剣術と拳法の道場があると風のたよりに聞いてきたのだ。その道場には達人がいるという話だったが……」

「いつの時代の話ですか」

私は言った。「祖父や父は確かに剣術や古流の拳法を教えていましたよ。祖父はたいした腕だったらしい。達人というのは、祖父のことでしょう」

「いや、俺は、あんたこそがその達人だと思うがね」

「いやだ」

菫子が笑った。「この人はだめよ。見ればわかるでしょ。てんでたよりないんだから」

屋部朝徳は意外そうな顔をした。

「菫子さんとか言ったね。あんた、気づかなかったのか、あの飲み屋街での喧嘩のとき……」

「飲み屋街での喧嘩」

菫子が大きな声で言った。「そうか。ずっと私たちのあとをつけていたと言ったわね。

私たちを助けてくれたのはあなただったのね。そうでしょう」

屋部朝徳は菫子と私の顔を交互に見た。

「どういうことなんだ……」

「あのときは助かりました」

私は言った。「どうもありがとうございました」

「やっぱりね。この人、私たちの命の恩人よ」

菫子は言った。

屋部朝徳は勢いよく立ち上がった。

「この俺をおちょくってるのか」

彼はカウンターに置いてあったホワイトホースのボトルに手刀を見舞った。

ボトルの首が店のすみまで飛んで行った。ボトルはわずかに揺れただけで倒れなかった。

「いいか」

屋部朝徳は私に言った。「最初は道場破りのつもりだった。あんたと勝負をして、看板だけいただいておとなしく姿を消そうと思っていた。だが、あんな看板をもらってもしかたがない」

「茶道の看板には、あなたは興味ないでしょうね」

「だが、俺はあんたと戦うことに決めた。あんたが強かろうと弱かろうと関係ない。俺はあんたを倒す。そして、看板の代わりに、あんたのもっと大切なものをいただく」

私は、彼を見た。

屋部朝徳は言った。

「あんたが負けたら、この菫子という女をいただいていく」

「冗談じゃない」

私は言った。「私があなたに勝てるわけがないでしょう。見たところ、あなたは空手の高段者のようだ。何度も言いますが、私は、茶道の師匠なんですよ」

「そう思うなら、尻《し》っぽを巻いて逃げ出すことだ。この菫子は俺の女になってもらう」

「犬や猫の子じゃないのよ」

菫子は言った。「人を何だと思ってるのよ」

屋部朝徳は菫子を睨んだ。

菫子は身をすくめた。

「女は黙っていろ」

彼は低い声で言った。いくつもの死線を越えてきたのだろう。道場破りといっても、生半可なものではなく、真剣勝負を続けてきたに違いない。そのひとことには、へたなヤクザが裸足《はだし》で逃げ出すほどの迫力があった。

さらにさきほど、ボトルネックを手刀で切り落とすという芸当まで見せられているのだ。

さすがの菫子も顔色を失い、黙り込んでしまった。

「勝負の日時、場所はおまえのほうで選ばせてやる」

屋部朝徳は出口へ向かった。「いいか。逃げ出したとき、女は俺のものだ。腕ずくでも連れ去るぞ。覚悟しておけ」

彼は、ドアを蹴るようにして去って行った。

店のなかはしばらく静まりかえっていた。

「えらいこった」

八百屋のオヤジが、ホワイトホースのボトルの首をつまんでつぶやいた。

菫子は茫然としていた。

私は言った。

「送って行こう」

「いいわ。ひとりで帰る」

彼女は立ち上がった。

「心配するな」

彼女のうしろ姿に向かって私は言った。「必ず何とかするから」

彼女は振り向いて、一度だけうなずいた。

「俺も引き上げるとしよう」

八百屋のオヤジが菫子といっしょに店を出て行った。

シノさんは空《から》になっていた私のショットグラスに、ブッシュミルズを注いだ。

「若、どうするんです」

「さあね」

ベンソンが言った。

「あの男、たぶん本気ですね。シショウ、スミレコを取られてしまうかもしれない」

「警察というものがあるんですよ。そんな無茶が許されるはずがない」

「スミレコが、あの男について行くのに同意すれば、警察は手が出せない」

「ばかな……」

ベンソンは、かぶりを振った。

「サマーセット・モームの『月と六ペンス』、読んだことないのですか。ストリックランドの友人、ストルーヴの妻は、ストリックランドのことを本気で嫌っていた。しかし、結局、彼女は夫を捨て、彼と逃げたのです」

「女を取られるというのは、つらいものですよ、若」

シノさんがしみじみと言った。「昔、私がつきあっていた女が、ブラジル人と結婚して、ブラジルへ行ってしまった。それ以来、私はブラジル産のコーヒーが飲めなくなりました。ニューヨークへ行っちまった女もいましたよ。その女はマンハッタンで男を作っちまった。それ以来、私は、カクテルのマンハッタンを作れなくなった」

私は、ふたりの顔を交互に見つめた。

「あんたたちは、私を焚《た》きつけているのですか」

シノさんがにやりと笑った。

ベンソン神父は言った。

「そのとおり、シショウ。あなたが、あんな男に負けるはずがない」

4

私は縁側にすわり、庭を眺めていた。

風は冷たかったが、飛び石を照らす陽差《ひざ》しは、すっかり春を思わせた。はたから見るとのどかな光景だったろうが、私の心中はおだやかではなかった。

ベンソン神父はああ言ったが、私が勝てる保証など何もなかった。

相手は今どき珍しい百戦錬磨の武芸者だ。

いかにも現実離れした話のようだが、現代でも、空手や拳法の道場には、腕に覚えのある者が道場破りに現れることがある。

本当に自分の力量を確かめようという者もいれば、話題を振りまいて、自分の道場を持つためのスポンサー探しをしようという場合もある。

最近では、やはり後者のほうが多いようだ。

だが、屋部朝徳の実力は本物だ。私の眼にもそれはわかる。

じっと私のあとをつけ、私の力量を観察していたその態度も本物だ。武術家は本来、用心深いものだ。

彼はその分、私より優位に立っている。だから、彼は私にチャンスを与えてくれた。日時、場所はこちらが指定できるのだ。このチャンスを生かさぬ手はない。

私は考えに考えた。

人の気配がした。露地の入口に菫子が立っていた。

「どうしたんだ」

彼女は何も言わず近づいてきた。

「屋部朝徳のことが心配なんだろう。だいじょうぶだ。何とかする」

菫子は顔を上げた。

「どうやって……」

「何とかすると言ったら何とかする」

彼女はうつむいた。

ためらいがちに彼女の手が伸びてきた。リストを見事にこなす魔法の指――。

膝の上にあった私の手に、彼女の手が重なった。冷たい手だった。

彼女は、わずかに力を込めて、私の手を握った。菫子がこんなことをするのは初めてだった。

彼女は手を引くと、私を見つめた。

すぐに踵を返すと、彼女は露地から走り去った。


シノさんの店には、私しか客がいなかった。

ビールを飲んでいると、思ったとおり屋部朝徳が入ってきた。

彼は私のとなりに腰を降ろした。

「何にします」

シノさんが尋ねる。

「あの女が飲んでいた酒だ」

シノさんはブランデーグラスをカウンターに置き、ヘネシーを注いだ。

屋部朝徳は一口でそれを飲み干し、しばらく目をつむっていた。

「ああ、いい酒だ。あの女にはまったくふさわしい」

私は彼に言った。

「流派を聞いておきましょう」

屋部朝徳は一瞬私を見つめ、そして笑った。

「戦う決心をしたというわけだな」

「流派は」

「流派などない。首里手《しゅりて》を学んだのが最初だ。その後、あちらこちらを旅して技を練った」

現代の空手道は、多くの流派に分かれている。首里手というのは、その流派の源流のひとつと言っていい。

沖縄空手は、『首里手《しゅりて》』『那覇手《なはて》』『泊手《とまりて》』の三種類に分けられる。もともとは、地域的な分けかただった。

空手道の歴史に登場する拳聖や達人の多くは首里手を学んでいる。また那覇手は、現在、剛柔《ごうじゅう》流《りゅう》に代表されている力強い空手だ。

「そちらは?」

屋部朝徳が訊き返した。

「わが家は、あなたの言われたとおり、代々示然《じねん》流の剣術師範をやっていました。曾祖父が大陸で従軍し、そのとき、中国武術に魅《み》せられ、多くの技法を学んできました。曾祖父は、羅漢拳《らかんけん》、通臂拳《つうひけん》、そして中国拳法の奥義とされる八卦掌《はっけしょう》の技を持ち帰りました。曾祖父は、さらに創意工夫し、独特の拳法を練り上げました。それがわが家に伝わる秘伝なのです。特に名はありません」

「やはりな……」

「日時はこちらで決められるのでしたね」

「まかせる」

「では、明朝六時に、わが家の茶室で……」

「茶室だと……」

「私は茶人です。私の戦いの場は茶室以外にはあり得ません」

屋部朝徳は顔色を変えた。

「よかろう」

彼は低くうなるように言って立ち上がった。

「首を洗って待っておれ」

屋部朝徳は、私のまえにあったビールびんの首めがけて手刀を一閃《いっせん》させた。

空気を切る鋭い音が聞こえた。

だが、彼の手刀はビールびんには当たらなかった。

シノさんがビールびんを持っていた。

シノさんは何気ない顔で私のグラスにビールを注いだ。

屋部朝徳は、啞然とした顔でシノさんを見つめた。

シノさんは、決して朝徳と眼を合わそうとしなかった。

屋部朝徳は無言で背を向け、店を出て行った。

私とシノさんは、それきり、ほとんど言葉を交わさなかった。


夜明けまえから私は、奥の四畳半で席の用意をしていた。

露地は前夜に掃き清め、席に入るときに、自然の風情を楽しめるように、一夜明けてからは、一切手を触れていない。

早めに熾き炭を炉に入れ、茶室にぬくもりを与えた。

水屋《みずや》に入り、茶巾《ちゃきん》を水にひたす。

菓子をそろえ、棗《なつめ》のなかの茶を掃きならした。

棗は乱菊模様の蒔絵《まきえ》中棗。茶碗は、『あけぼの』の銘のある赤楽《あからく》だ。水指《みずさし》は薩摩《さつま》焼《やき》で、わが家では比較的派手な焼きものだった。

釜からかすかに湯のわく音が聞こえてくる。

私は水屋を出て露地に立った。間もなく六時——私は、客を待った。

屋部朝徳は六時ちょうどに姿を見せた。

黒い空手衣を身につけ、例のすり切れたオーバーコートを、腕を通さず肩に羽織っている。

素足にげたをはいていた。

垣根の外に立ち、腕を組んでこちらを睨《にら》みすえている。

私は、朝徳の眼をまともに見ないようにした。

ボクシングなどで、試合まえに、対戦者どうしがじっと睨み合っているのをよく見る。相手の闘志をまともに受け、それをはね返そうとしているのだ。

しかし、勝負のときは、別のやり方もある。

睨み合って相手に呑《の》まれる危険をおかすなら、眼をそらすことだ。相手にせぬふりをして、さらに敵をあおってやるのだ。

私は、いつもの客に対するように眼を伏せ、露地の戸を引いた。

「どうぞおはいりください」

私は、屋部朝徳に背を向けていた。

だが油断していたわけではない。全神経は背後の気配に注がれていた。

朝徳は当然それに気づいているだろう。

戦いはすでに始まっているのだ。

露地に駆け込んでくる複数の足音が聞こえた。

ベンソン神父と菫子だった。

「シノさんに聞きました」

ベンソンが言った。「朝のミサを早めに切り上げて飛んできたのです」

菫子が心配そうにこっちを見ている。

「シノさんに何を聞いたか知りませんが、神父」

私は言った。「これから、この人に茶を一服点《た》てるところです。それだけですよ」

「私も同席させて」

菫子が言った。

「だめだ。私は屋部朝徳氏だけを客として招いた。引き取ってくれ」

「じゃ、あなたがたが出てくるまでここで待ってるわ」

「私もそうしよう」

ベンソンが言った。

「好きにしてください」

私は四畳半の茶室に向かった。

屋部朝徳がうしろのふたりにこう言うのが聞こえた。

「茶室から出てくるのは、この俺、ひとりだけだ」


私は、躙口《にじりぐち》の戸を開け、朝徳に入るように言った。

「荷物はあずかりましょう」

朝徳は、コートの下に何か重たいものを隠し持っているようだった。

「いや、いい。おまえが先に入れ」

「私はこの入口からは入りません。反対側の水屋へ回るのです」

「小細工はあるまいな」

「そんな男に見えますか」

朝徳は私の顔をしばらく観察していた。そして言った。

「いいだろう」

彼は、小さな躙口から、軽い身のこなしでするりと入席した。

私は戸を閉め、水屋へ回った。

私は点前を始めた。

水指をまず運び出してすえる。次に茶巾、茶筅《ちゃせん》を仕込み、茶杓《ちゃしゃく》を載せた茶碗そして棗を両手に持ち、水指の手前に置きつける。

最後に、蓋置《ふたおき》を仕込み、柄杓《ひしゃく》を載せた建水《けんすい》を持って出て、勝手ロの戸を閉めた。

これで、茶室内で何が起こっても外の人間にはわからない。

私は、炉縁の左内隅に向かってすわった。

客にはすに向く形になる。

建水から柄杓を取り、蓋置を出す。炉の右側に蓋置を置き、その上に柄杓の首をあずける。

風炉《ふろ》点前では、柄杓は体の左側にくるが、炉点前では常に右手側にある。

私は服紗をさばき、棗と柄杓を清めた。

自分の心を澄まして、朝徳の呼吸を読んでいた。

朝徳は、じっと正座したまま動かない。

彼は、剣で言えば『一の太刀』に当たる、渾身《こんしん》の力を込めた一撃で勝負を決めようとするだろう。

それが、蹴りであるか、突きであるか、また手刀であるか貫手《ぬきて》であるかわからない。

しかし、動こうとする瞬間、呼吸に変化が現れるはずだった。

こういう場合、相手の呼吸を盗んだほうが勝つのだ。

朝徳は、私の手の動きに集中しきっていた。私が道具を持ち替えるたびに、彼は、わずかに呼吸を乱した。

何が起こるのかはわからない。

ただひとつ明らかなのは、勝負は一瞬で決まるということだ。

茶筅を湯に通し終え、棗から茶をすくったとき、私は、はっとした。

朝徳の気配が消えていた。

彼は深い静かな呼吸で、周囲に同化していた。一種の自己暗示だろう。彼は、厳しい武術修行の結果、そこまで心身をコントロールできるようになっていたのだ。

点前はクライマックスだ。茶の味を生かすも殺すも、茶碗のなかの抹茶に湯を注ぐ瞬間で決まる。

私は朝徳の呼吸を読めなくなっていた。

ここで迷いを見せたら、その瞬間に打ち込まれる。

私は、決心した。

朝徳のことは忘れ去り、湯の具合に集中した。水指から、柄杓で水をくみ、わきたつ釜の湯のなかへ入れる。柄杓で湯を練りながら、ちょうどいい加減の湯を見きわめすくい上げる。

すかさず柄杓を茶碗の上で返して湯を茶の上に注ぐ。

そこからは手早さが勝負だ。

茶筅を取り、茶碗のなかで躍らせる。

茶の精が生き返った。部屋じゅうに芳香が満ちる。

私は満足した。

その瞬間、すさまじい衝撃を感じた。

物理的なショックではなかった。解放していた私の心のなかに、激しい殺気が堰《せき》を切って流れ込んだのだった。

鋭い呼気の音、畳を蹴る音——それが同時に聞こえた。

私は頬を刃物で切られたように感じた。

髪が恐怖ですべて立ってしまったような気がした。

頭のなかの轟音《ごうおん》がおさまるまでしばらくかかった。

鋭く、力強く、気の充実した朝徳の突きだった。

私は、わずかに身を右にそらし、片膝を立てていた。

朝徳は第二撃を放てなかった。

朝徳も片膝を立てている。その姿勢から蹴り出そうとしているのは明らかだった。

しかし、彼は動けなかった。

柄杓の柄の先が、朝徳の喉仏《のどぼとけ》のすぐ下で止まっていた。

私は、彼の突きをかわしざま、右手で柄杓を取って突きつけたのだった。

すべて無意識の行動だった。

朝徳が咄嗟《とっさ》に動きを止めなかったら、私は本気で突いていただろう。

私は柄杓の柄の先を鋭くけずっておいたのだ。

ふたりはしばらくそのまま動かなかった。

汗が畳にしたたたった。

両者とも、流れるほどの汗をかいていた。

やがて、朝徳ががっくりと両手をついた。

私は、柄杓を引き、一度水屋へ下がり、別の柄杓を持ってもどった。

ふと障子が破れているのに気づいた。朝徳の突きの延長線にあたる位置だった。拳の衝撃波で破れたのだった。私の頬には血がにじんでいる。かすっただけで傷ができたのだ。

朝徳の突きのすさまじさを物語っていた。

私は、何ごともなかったように、茶を点《た》てなおして朝徳の前に出した。

朝徳は動かない。

私は言った。

「冷めないうちに飲んでください」

朝徳は、片手で茶碗を鷲《わし》づかみにし、一気に干した。

「こちらに、はすに向かってすわったのは、攻撃をかわしやすいからか」

「いいえ。炉点前は、みな、こういう向きですわります」

「柄杓を右手のそばに置いていたな」

「ここへ置く決まりになっています。誰に尋ねてもそう言いますよ」

「柄杓の柄の先っていうのは、みんなあんなにとがっているのか」

「いいえ……」

私は片づけを始めた。

「そうか、考えたな」

屋部朝徳は、水指を指差した。「あの焼きものだけが妙に派手だった。あれは、柄杓から目をそらせるためだったんだな」

「そうです」

朝徳は言った。

「俺の負けだ」

私は彼を見た。

「菫子に手を出さないでいただけますね」

「はなっからそんな気はないよ」

「………」

「ああでも言わなきゃ、あんたは俺と勝負しなかっただろう」

私は小さくかぶりを振っていた。勝負に負けたのは私のほうかもしれないと思った。

朝徳は初めてうれしそうにくすくすと笑った。

ふたりで露地へ出ると、菫子とベンソンが蒼《あお》い顔で立っていた。

「何もなかったのですか」

ベンソンが尋ねた。

「あたりまえです」

私は言った。

「私は茶を点《た》ててさしあげただけですから……」

「スミレコのことはどうなりました」

「そうだ」

屋部朝徳が言った。「旅に出るまえに、菫子さんにわたそうと思っていた」

彼は黒いコートの下から陶器を取り出した。一升徳利だった。

それを菫子に差し出した。

「泡盛だ。うまい酒を教えてもらったお返しだ」

菫子はおそるおそるそれを受け取った。

「じゃあ、縁があったら、また会おう」

屋部朝徳は悠々と私たちのまえから去って行った。

5

「どうなっているのよ。何があったかまったく話してくれないじゃない」

カウンターに着くなり菫子が言った。

シノさんとベンソンは、またか、という顔で笑った。

「だから、話し合っただけだよ。いろいろとな」

「じゃあ、その頬の傷はなんなの」

「水屋の釘にひっかけた。あそこも古くなった。今度修理しなきゃならんな……」

「入ってくるなり何の騒ぎです」

シノさんが言うと、ベンソンが身を乗り出した。

「けさの茶室でのことでしょう」

「そうなのよ」

「いいじゃないか、片づいたんだから……」

私は言った。

「シショウ、あんまり、スミレコに心配かけてはいけません。私も心配しました。私は、富士見が丘病院にベッドを予約しておいたのです」

私はあきれた。

「今度は祈るだけにしておいてください」

「……で、何を飲むんですか」

シノさんが尋ねた。

「今夜はこれだよ」

私は泡盛をカウンターの上に置いた。

シノさんがみんなのグラスを出してくれた。

私は、なみなみと泡盛を注いだ。
ベンソンはにおいをかいで顔をしかめている。
一口すると、口のなかで燃え上がり、喉を焼きながら、腹の底へしみわたった。
私は、屋部朝徳のうしろ姿を思い出していた。
「うん。ヘネシーもいいけど、これも負けてないわね」
私は、そう言った菫子を愛《いと》しく思った。

第三話　ブルゴーニュワインは聖なる血

1

「留学だって……?」

私は思わず菫子《すみれこ》の顔を見つめた。

私たちは、いつものようにシノさんの店のカウンターに並んで腰かけていた。

私はビールを飲み、菫子はヘネシーの香りを楽しんでいた。

シノさんもグラスを拭く手を止め、菫子の顔に見入っている。

シノさんは、一度、さっと視線を私に向け、すぐに下を向いて洗いものを始めた。

私は彼女に尋《たず》ねた。

「何で今さら留学などしなくちゃならんのだ」

「あら、いけないかしら」

菫子は、両手でブランデーグラスをもてあそんでいる。「コンサートピアニストになる勉強をしたいのよ」

彼女は、某音大を出て、ピアニストをやっている。事務所と契約し、ホテルのバーラウンジや、クラブあるいは、パーティーなどで演奏をしている。

見事にリストをこなす、女性には珍しいタイプのピアニストだが、普段仕事で弾くのは、『いそしぎ』などのムード音楽か、『ムーンライト・セレナーデ』のような、ジャズの大スタンダード・ナンバーが多い。

時にビートルズ・ナンバーが混じることもあるという。

バンドマンたちは、こうした女性ピアニストの演奏を「お嬢さん芸」と呼んでいる。いつか、菫子のいないときに、シノさんがそう教えてくれた。

コンサートピアニストとなると、そういう仕事とは、まったく別格なのだ。

菫子に才能がないとは言わない。

しかし、才能だけではだめなのだ。とにかく、すさまじい努力と、そして莫大《ばくだい》な金が必要だ。

「どこへ行くつもりなんだ」

「まだ具体的に考えてないわ。ウィーンか、パリに行きたいわね。リストのゆかりの土地だから」

「リストはハンガリー生まれじゃなかったのか」

「本格的に音楽を学び始めたのはウィーンなのよ。チェルニーにピアノを習い、サリエリに理論を学んだのよ。その後、パリへ行って、パエールとライヒャに和声を学んだの」

「言いたくはないが――」

「何よ」

「その……。つまり、ちょっと遅いんじゃないのか、年齢的に……」

「キーシンやブーニンみたいなデビューはもう無理よ。そんなことはわかっているわ。でも、やってみないであきらめるのっていやじゃない」

　菫子と私は幼なじみだ。

　ふたりとも生まれてからずっと、この「富士見が丘」という、ありふれた名前の町に住んでいる。

　典型的な住宅街で、昔は、けっこう空地などもあり、菫子はそこで、泥まみれで駆け回っていたものだ。

　いつしか、遊び仲間のなかから彼女の姿が消えていた。小学生になった菫子は、夢中でピアノを弾き始めたのだった。

「もし、ヨーロッパへ渡るとして、どれくらいむこうにいるつもりなんだ」

「さあ……。行ってみなくちゃね……。でも、四、五年は勉強しなくちゃだめじゃないかしら」

「私は反対ですね」

　シノさんが言った。

　私は驚いて、髪を短く刈ったバーテンダーのほうを向いた。

　彼が、客の話に割り込んでくるというのはたいへん珍しいことだった。それが、私たちのような、なじみの客でも、だ。

「どうして」

菫子は、まっすぐにシノさんを見つめて訊《き》いた。

シノさんは、眼をそらし、曖昧《あいまい》に言った。

「うまく言えませんがね……。せっかく、日本で仕事をちゃんとやれてるのに、それを捨てて、勉強に行くってのはね……」

シノさんは、また、私の顔を一瞥《いちべつ》した。私はそれに気づかぬふりをすることにした。

「でもね、シノさん、人間の一生っていうのは限られているの。何かをやりたいと思ったときにやっておかなければ、きっとあとで後悔することになると思うわ」

「その逆もあるんですよ」

シノさんは、私たちに顔を向けぬまま言った。「若いころの失敗というのは、たいていは取り返せるものだと人は言います。でも、決してつぐなうことのできないあやまちもあるんですよ」

「私が音楽の勉強をするのは、そのつぐなうことのできないあやまちってことになるわけ?」

「そうじゃありません。夢を持つってのは、いくつになったって必要なことだと私は思っています。でもね、そのために、今、目のまえにある現実ってものをみんな捨てちまっていいものなのかって……」

「何が言いたいの、シノさん」

菫子は首を傾けた。「はっきり言ってよ」

シノさんは、溜め息をついた。

「じゃあ言わせてもらいます。あなたが、四年も五年もヨーロッパへ行きっぱなしになるってのが問題なんです」

「どうしてよ」

「私が昔つき合っていた女がブラジルへ行っちまったことがありました。それっきりですよ。ニューヨークへ行った女もいました。彼女は、むこうで結婚しちまいました」

「シノさん」

私は彼をさえぎった。「いいじゃないか、そういう話は、もう……」

「でもね、若……」

「いいんだ」

シノさんは口をつぐんだ。

菫子はシノさんが何を言おうとしたのか気づいたようだった。

私は妙に照れ臭い思いがし、ビールを一気に干した。

「まだ決めたわけじゃないんだろう」

私は尋ねた。

菫子はうなずいた。

「でも、チャンスがあればぜひ行きたいわ。あなたの言うとおり、私も、それほど若くはないわ。決めるなら早いほうが……」

突然、店の入口のドアが開いて陽気な声が響いた。

「や、シショウ。きょうもスミレコといっしょですね」

ヨゼフ・ベンソン神父だった。

私たちの話題は、そこでいちおう打ち切りとなった。

ベンソンは言った。

「今夜は、私にとってまたとない、すばらしい夜です。わが祖国から、友人が訪ねてきてくれたのです。ぜひ、皆さんに紹介したい」

戸口に現れたのは、茶色い眼をしたどこか淋《さび》しげな印象を与える男だった。

髪はブルネット。身長はベンソンよりもかなり低い。

ベンソンは、堂々とした体格に、明るい青い眼を持っている。髪も輝く銀髪だった。

北アイルランドから来たその男は、何もかもがベンソン神父とは対照的に見えた。

年齢も、ベンソンよりはやや老《ふ》けて見える。

もっとも、ヨゼフ・ベンソンは、五十代だと言っているが、どう見ても三十代にしか見えないのだ。

「マーティン・シェイマス。私の少年時代からの親友です」

ベンソン神父は私たちにその男の名を告げると、彼を招き入れた。

彼らは聞いたことのない言葉で会話をしていた。

アイルランド語なのだろう。英語などに比べ、たいへん素朴だが複雑な言葉のように思えた。

シノさんは神父に尋ねた。

「何にします」

ベンソンはこたえた。

「決まってるじゃないか、シノさん」

シノさんはうなずいて、棚からアイリッシュ・ウイスキーのブッシュミルズを取り出した。

ショットグラスをふたつカウンターに置くと、マーティン・シェイマスが、手を振り、ベンソンに何ごとか告げた。

ベンソンはたいへん驚いた表情を見せた。

「何ということだ」

ベンソンは傷ついた顔で言った。

「どうしたんです」

シノさんが尋ねた。

「ブッシュミルズは飲めないと言うんですよ。胃をやられて、強い酒はダメだと……」

「誰にだって事情はあるもんです」

「しかし、故郷の酒だぞ……。まあ、いい。シノさん。彼はワインなら飲めるそうだ。たのむよ」

シノさんは、カウンターの陰で赤のワインを注ぎ、マーティン・シェイマスのまえに置いた。

彼は、そっと香りをかぎ、一口ふくんでうなずいた。

「ブルゴーニュ……」

マーティン・シェイマスは、つぶやくように言って、シノさんの顔を見た。

シノさんはほほえんだ。

「神父さん。このかたは、単にワインしか飲めないいんじゃないんだ。ワインがお好きなんですよ」

「私はだめです」

ベンソン神父は首を振った。「ぶどうで造った酒はどうも体に合いません」

「毎朝、毎晩、あなたが祭壇で銀盃から飲んでるのは、ありゃ何なのですか」

シノさんは尋ねた。「みんなには黙っててやるから言ってしまいなさい、神父さん。あれはワインではなく、ウイスキーなんだ、と」

「仕事とプライベートは別ですよ、シノさん」

ベンソンは、指を立てて振った。「あれは、神聖なキリストの血なのです」

ベンソンは、今のやりとりを、マーティン・シェイマスにアイルランド語で話してやったようだった。

シェイマスの頬に、冷酷な笑いが刻まれた。

彼は神父に何事か言い返した。

ベンソンは、ほんの一瞬、鋭い眼差しでシェイマスを見返したが、すぐにその表情を消し去った。

ベンソンは陽気に笑ってみせた。

シノさんは、そのベンソンの態度を見逃さなかった。私とシノさんは、そっと顔を見合わせた。

ベンソンが言った。

「シノさん。あなたの言うとおり、この男は、ワインを愛している。まるで吸血鬼のようにね。ボルドーは動脈を流れる血、ブルゴーニュは、静脈を流れる血だと言っている」

「確かに」

シノさんはおだやかに受けた。「言われてみれば、そんな色をしています」

「さ、皆さんのことを紹介することにしましょう」

ベンソン神父が言った。

マーティン・シェイマスは、私が茶道の師匠を職業としていることに、興味を示したが、さらに菫子の職業を聞いたとき、劇的な反応を示した。

彼は、今まで皮肉な冷たさを宿していた茶色の眼をいきいきと輝かせ、ベンソンに何かをまくしたて始めた。

ベンソンも何ごとかに気づいたらしく、シェイマスといっしょに、わめき散らしている。

私たちは啞然《あぜん》とその光景を見守っていた。

「これは失礼」

ベンソン神父は私たちの様子に気づいた。

「長い間、会っていなかったものでね、シショウ。久しぶりに思い出すことが多いのですよ」

「かまいませんとも、神父」

私は言った。「ふだんはアイルランド人がひとりしかいない。きょうはふたりもそろっている。どんな夜になるか、想像はついています。もう、みんな、あきらめてますよ」

神父はうれしそうに笑った。

「ようやく、シショウは、アイルランド人のことを理解してくれたようだ」

「何を思い出して大騒ぎしていたのです」

「このマーティン・シェイマスは、こう見えても、れっきとしたピアニストだったんですよ。フランスで音楽を学んだのです。パリ音楽院です」

「パリ音楽院……！」

菫子がすごい声を上げて、一同をびっくりさせた。

だが、菫子は私たち以上に驚いているようだった。

「夢の殿堂だわ……」

彼女は放心したように言った。パリ音楽院で音楽を学ぶのがどれくらい難しいことなのか、そのつぶやきが充分に語っていた。

「しかし――」

ベンソンが感情を消し去った声で言った。「ある事情でピアニストをやめなければなりませんでした」

「そんな……。パリ音楽院を出て、ピアニストになって……。それをやめちゃうだなんて、考えられないわ」

菫子は興奮して言った。

ベンソンは、悲しげにほほえんで言った。

「さっき、シノさんが言いました。誰にでも事情はあるのです」

――そしてこの人たちの事情というのは――

私は思った。――おそらく、われわれ平和な日常を送っている日本人には想像もできないような事情なのだろう。

なにしろ、ベンソンが育ったベルファストの街では、人々が、砲火と銃の音を子守歌代わりに眠るのだと言う。

マーティン・シェイマスは、店の一番奥にアップライトピアノがひっそりとうずくまっているのを見つけた。

彼は、ベンソンに二言、三言、話して席を立ち、ピアノへ向かった。

「さあ、皆さん。あるいは、わが国が誇る世界の名ピアニストになるかもしれなかった男のソロ・コンサートです」

マーティン・シェイマスは弾き始めた。あたたかく、繊細なタッチだ。

ショパンのマズルカ第二十二番だった。

見事な演奏で、私たちは、たちまち引き込まれた。

ふと、菫子が私にささやいた。

「彼がプロの演奏家を断念した理由がわかったわ」

「なぜだ」

彼女は悲しげに言った。

「左手に大けがをしたのよ。そして、かつての力強さを取りもどすことはできなかった……。右手とのバランスでわかるの」

こと、ピアノに関して、菫子の言うことは必ず正しい。

私は、うなずき、再び演奏に聴き入った。

2

楽しいひとときを過ごし、ふたりのアイルランド人が、富士見が丘教会に引き揚げることになった。

時計を見ると十時を回っていた。

菫子も席を立った。

神父が彼女を送ってくれることになった。

三人が出て行くと、シノさんが、ショットグラスをふたつ出し、ブッシュミルズを注いだ。

「ねえ、若……」

彼が静かに言った。

私は顔を上げた。

「離ればなれになっちゃ、おしまいですよ。どんなに思い続けていようとしても、人間、長い間顔を見ずにいると縁がうすくなるものです。そばにいる人間のほうがどうしたって大切になるものです」

「きょうはどうしたんだ、シノさん。いつになく、よくしゃべる」

「じれったいんですよ。女はつかまえとかなきゃだめですよ、若」

「気持ちはうれしいがね……。僕は、菫子の意志も大切にしたい」

「きれいごとじゃ済まないんですよ。力ずくでも引き止めたほうがいい」

「ブラジルとニューヨーク」

私は言った。「シノさんはどうして引き止めなかったんだ」

「私はその……」

「相手の気持ちを優先したかったからだろう」

「ちょっとグレてましたしね。女の幸せを考えれば……。でも、今は後悔していますよ」

シノさんは、きっぱりと言った。「私は、二度とも、しっかりと引き止めておくべきだったと思っていますよ」

「どっちにしたって後悔はするんじゃないのか」

「え……」

「引き止めたら引き止めたで、あのとき、行かせてやればよかった、なんてね」

シノさんは何も言わなかった。

「菫子は、籠《かご》のなかでおとなしく飼われているカナリアのタイプじゃない。わかるだろう」

シノさんが溜め息をついた。

「日本の女どもは、いつからそんなふうになっちまったんでしょうね。若が茶を教えてらっしゃる娘さんたちも、みんな、そうなんですかね」

「いろいろいるから、おもしろいのさ」

シノさんは、小さくうなずくと、カウンターの上を片づけ始めた。

慣れた手つきで次々と、しかも丁寧《ていねい》にグラスを下げては洗っていく。その合理的な動きを見て、私は、ふと茶の点前《てまえ》に通じるものを感じていた。

「神父さんもずいぶんと酔っていたようだ」

シノさんが言った。

私が見ると、彼は、カウンターのすみにあった紙入れをかかげた。使い込んで、独特のつやが出てきた古い革のさいふだった。「これ、ベンソン神父のでしょう」

「金には興味がないのかもしれないな。カエサルのものはカエサルに——だ。帰りに、僕が教会までとどけてこよう」

シノさんは、私に紙入れを手渡した。

一杯あけて、帰ろうとすると、シノさんが言った。

「若、もう、おわかりと思いますが——」

私は振り返ってシノさんの顔を見た。

「あのベンソンの友人ってのは、きっと訳《わけ》ありですよ。何のためにベンソンのところへやってきたのやら……」

私はうなずいた。

「おやすみ」

私は踵《きびす》を返して、店を出た。

細かい雨が夜気を満たしていた。

商店街は、コンビニエンスストアをのぞいて、すべてシャッターをおろしている。

ほのぐらく青白い街灯がしめっていた。

私は、教会の居住区のほうを訪ねた。明かりがついていなかった。

礼拝堂のほうを見ると、ステンドグラスの小さな窓から、明かりが洩《も》れている。

そちらのほうへ回ることにした。

礼拝堂は小さいが、手入れがゆきとどいていた。

あたたかな光に満たされ、全体にやや赤味がかって見えた。

左右に肘かけのついたベンチが並んでいる。私は祭壇に向かってゆっくりと歩いた。

私は立ち止まった。

祭壇の右側にある小さな出入口から、マーティン・シェイマスが現れた。彼は、まっすぐに私を見すえていた。

ぞっとするくらいに冷たい眼だった。

私は眼をそらすことができなかった。

すさまじい音がして、どこかのドアが開いた。足音を響かせて、ベンソンの大きな体が現れた。

マーティン・シェイマスはくるりと振り向いた。

ベンソンは、司祭用の紫色のストラを首から下げ、同色のカズラを背と前に下げている。

いきなり彼は、シェイマスに、右のフックを見舞った。

シェイマスは、上体を器用に動かして、フックをやりすごすと、ベンソンの左膝を蹴った。

前かがみになったベンソンの顎を、シェイマスはてのひらで突き上げた。

ベンソンはあおむけにひっくりかえった。

あやうく聖水盆にぶつかりそうになった。

ベンソンは、ぱっと起き上がり、シェイマスに躍りかかった。

シェイマスは、肝臓に一撃を見舞ったが、ベンソンはひるまなかった。

ベンソンの両手がシェイマスの首にかかった。そのまま、信者がすわるベンチに押し倒してしまった。

ふたりは終始無言だった。ベンソンは、私の姿すら眼に入らないようだった。

見たことがないほど、激しい怒りだった。

私は駆け寄った。

「やめろ、ベンソン。殺す気か」

神父は耳を貸そうとしなかった。

私は、ベンソンの指の方から手首を握った。自分の手首を支点にして、指で手首を決めて締め上げた。

すさまじい力で相手の首を絞めていた手は、それだけで簡単に離れた。

私はそのまま、もう片方の手をベンソンの手首の下にあてがい、ひねりながら、足を入れかえて、腰を回転させた。

神父の巨体が軽々と投げ出され、中央の祭壇へ続く通路に転がった。

シェイマスは、ベンチのうえで激しく咳《せき》込んだ。

ベンソンは、肩で大きく息をつき、私を見上げている。

「シショウ……」

「気でも違ったのか、ベンソン。ここをどこだと思っている。あんたは、祭壇のまえで、司祭の正装のまま、友人を殺そうとしていたんだぞ」

「殺す……」

神父は、たちまち表情を閉ざしてしまった。一切《いっさい》の感情を隠してしまったのだ。「冗談だろう、シショウ」

彼は、起き上がって黒衣の埃《ほこり》をはらった。

「私は、友人の考え違いを正そうとしていただけだ。ちょっとした行き違いなのだよ」

神父の言葉は本当とは言い難い。

彼は確かに殺しかねないほど怒っていた。

首にかけた手の力がそれを物語っている。あのまま放っておいたら、シェイマスは頸骨《けいこつ》を折られていただろう。

「こんな時間に礼拝堂で何をしていたんです」

「ええ、友人が……、マーティンが告解を希望したので聞いてやったのですよ、シショウ」

「告解？」

「告解《こっかい》を……」

　ベンソンは、完全に無表情だった。

危険な徴候だった。

マーティン・シェイマスが、ゆっくりと立ち上がった。

彼は、ベンソンに何か言うと、教会を出て行った。

「どうしたんです」

私はベンソンに尋ねた。「彼は、教会に泊まるんじゃなかったんですか、神父」

礼拝堂のドアが閉まった。その音が、大きく響きわたった。

やがてベンソンは冷たく言った。

「私はもう休まねばならない、シショウ。悪いがお引き取りいただきたい」

私は、ベンソンの紙入れを、ベンチの上に置き、彼に背を向けた。

3

　私は、翌朝十時に菫子に電話をした。

菫子は起きたばかりだった。茶の世界の朝は早い。私は、毎朝六時には起きて庭の掃除などを済ませる。

だが、菫子は夜遅くまで仕事をすることが多いので、十時、あるいはもっと遅くに起きるのが習慣になっていた。

「どうしたの、朝っぱらから」

菫子の声は眠そうだった。

「ゆうべ、ベンソン神父とシェイマスという男は、あれからどんな様子だった」

「どうしてそんなこと訊くのよ」

「教会へ帰って、ふたりはちょっとやり合ったらしい」

「へえ……。全然そんな様子はなかったわよ。ふたりで家まで送ってくれたの。そうそう、私、シェイマスさんと約束をしたんだわ」

「約束……」

「そう……。シェイマスさんが、私のピアノを聴いてくれるというの。いってみれば、オーディションね。きょう、一時に、うちに来てくれることになっているの。あなたも来ない?」

「……で、そのオーディションに受かったらどうなるんだ」

「パリのつてを紹介してくれるというの。知り合いの音楽家がたくさんいると言ってたわ。当然よね。パリ音楽院出身なんですもの」

「ベンソンはいっしょに来ることになっているのか」

「ええ。通訳をやってくれると言ってたわ」

私は、電話を切ると、すぐに富士見が丘教会へ出かけた。

居住区に人気《ひとけ》はなかった。私は礼拝堂へ向かった。

左手の聖具室のドアが開いていた。

私は、声をかけずにそっと近づいた。

聖具室のなかに、ベンソン神父がいた。彼は棚の一番奥から、古びた箱を引き出していた。

私は、ドアの脇に身を寄せ、そっと様子をうかがっていた。

ベンソンは箱から、銀の聖盆を取り出し、脇に置いた。箱の底は羅紗《らしゃ》張りになっていた。

彼は、その底を軽く叩いた。すると、二重底になっているのがわかった。

ベンソンはその下から油のしみのついた布にくるまれたものを取り出した。

布を解《ほど》くと、ベンソンは、なかから現れた黒光りする拳銃を握り、じっとそれを見つめていた。

私は、聖具室に足を踏み入れた。

「ベンソン……」

神父は顔を上げず、銃を見つめ続けていた。

「シショウか……」

ベンソンは、慣れた手つきで、尺取り虫式のトグルジョイントを引き、遊底《ゆうてい》を開いて、なかを確認した。そのまま、遊底をもどしてコッキングすると、空のまま引き金を引いた。

小気味いい金属音を響かせて、撃鉄《げきてつ》が落ちた。「必ず来ると思っていたよ」

「訊いていいかね、神父さん」

「こいつのことかね」

「何もかもだ」

ベンソンは、まだ銃を見つめていた。

「ルガーM11だ。有名なルガーP08をベースにドイツのDWMという会社が大量に作ったものだ。かつて、オランダ軍が制式採用していた。そのため、昔のオランダ領インドネシアの植民地軍や警官も、このルガーM11を使用していた。その名残《なご》りで、今でもインドネシアあたりに行くとこれにお目にかかる。私は、ジャカルタの教区にいるときに、これを手に入れたのだ、シショウ」

「神父のカラーと銃の取り合わせは、しっくりこないと思うが……」

「誰でもそう思う。だから、こうして日本にも持ち込めたというわけだ」

「神の兵士——確かイエズス会はそう呼ばれているのだったな。あんたの場合は、それが単なる比喩《ひゆ》ではなかったというわけだ」

「そうじゃない」

神父はようやく私のほうに顔を向けた。語気は強かった。「これだけははっきり言っておく、シショウ。私はイエズス会士としてではなく、アイルランド人として銃を取ったのだ」

「なるほど……。あんたが何をしようとしているのかがわかった。事情を話してくれるな」

ベンソンは首を横に振った。

「告解の秘密は絶対だ。私は、殺人犯が罪を告白してきたとしても、警察に話すことはできないのだよ」

「勝手な言い草だ。私を面倒ごとに巻き込もうとするときは、その絶対の戒《いまし》めも平気で破るくせに」

「そういうことだ、シショウ。今回は、あなたには無関係でいてほしいということなのだ」

「そうはいかん、ベンソン。あんたは、もう関係を作ってしまった。私は、菫子にショックを与えたくない」

「スミレコに……」

「菫子は、コンサートピアニストになるためにヨーロッパへ留学したいと言っている。マーティン・シェイマスがパリ音楽院を出たと聞いて大騒ぎしたのはそのせいだ。彼女は、きょう、マーティンにピアノを聴いてもらうのを楽しみにしている。彼女は、オーディションだと言っていた」

ベンソンは、うつむき、苦しげに聖職者らしからぬ英語の悪態をついた。

私は追い討ちをかけた。

「想像してみろ、ベンソン。あんたがマーティン・シェイマスを銃で撃つ——それを知ったときに菫子が受けるショックを」

「しかし——」

ベンソンはゆっくりと顔を上げた。「しかし、私は許すことができない」

「マーティン・シェイマスがあんたの少年時代からの友人だというのは嘘だったのか」

「嘘ではない。本当だから、なおさら許せないのだよ、シショウ」

「ベンソン。事情を説明してくれ。私は、あんたを殺人者にしたくないし、菫子に心の傷を負わせたくない」

　ベンソンが、はっと顔を動かした。

「どうやら、説明したくても、その時間がなくなるかもしれない」

　私はベンソンの言う意味がすぐにわかった。

　背後に気配を感じた。

　私はゆっくりと振り向いた。聖具室の入口に、マーティン・シェイマスが立っていた。

　その手には、消音器付きの自動拳銃が握られていた。

「わかったでしょう、シショウ。昨夜の成り行きから、こうなるのは避けられなかった。黙っていたらやられる。そして、やられる人間が悪い」

「なるほど――」

　私は、シェイマスを睨《にら》みつけた。彼との距離を測っていた。一・五メートル。この距離では相手は狙いをはずすことはありえない。

　私が動けば、すぐさまシェイマスは撃つだろう。

　彼は落ち着いていた。私は、彼がどんな人間かよくわかった気がした。

　彼なら眉ひとつ動かさず、友人どころか肉親の頭や心臓を撃ち抜くに違いない。それもきわめて正確に。

「シショウ。痛悔《つうかい》の祈りが必要なら、私のあとについてとなえてください」

「知ってるでしょう、神父。私はカトリック教徒じゃない。うちは曹洞宗《そうとうしゅう》なんだ」

私は、一・五メートルという距離を真剣に考えていた。「それに、まだ死ぬ気はない」

一・五メートル――空手や拳法のやや遠い間合いに当たる距離だ。

この間合いから技を出しても、相手にはとどかない。

一方、拳銃を持っている人間からすれば、近づけるぎりぎりの距離だ。

これ以上近づくと、相手の反撃を食らうおそれがある。銃を持つということは、ほとんど決定的な優勢を物語るが、それでも絶対ではない。

私は、剣豪であり、わが家に伝わる拳法の達人だった祖父の言葉を必死に思い起こしていた。

祖父は、若い頃、暴力団の前身のいわゆる愚連隊のような連中といざこざを起こしては、手玉に取っていたという。

愚連隊は、必ず銃を持っていた。今よりも、ずっと拳銃を入手しやすい時代だった。

私はその武勇伝を幼い頃に何度か聞かされたことがあった。

祖父は確かに、銃を持った相手と戦う際の注意を話してくれたはずだった。そして、勝つための手段を――。

シェイマスがアイルランド語でベンソンに語りかけた。

ベンソンは、ルガーM11を床に放った。

シェイマスは、ベンソンの拳銃を、誰も手のとどかぬところへ蹴りやろうと一歩前へ出た。

銃口はこちらを向いているが、確実に私の間合いに入った。

チャンスはその瞬間しかなかった。

祖父の声がよみがえる。

――銃弾も、拳もいっしょだ。当たるところに立っているのが悪い。方向をそらしてやること。これが大切だ――

私は迷わず飛び込んだ。

素手《すで》の喧嘩と違って、一瞬の迷いが死に直結するのだ。

相手は銃を腰だめにしている。

私は、左手のてのひらで、突きを下段ばらいでかわす要領で、銃を外側にはじいた。

祖父の言葉が次々と頭のなかを横切っていく。

――相手が銃を右手で持っているなら、その手を右側へ、左手で持っているなら左側へと動かすようにしむけるのだ。そうすれば、相手の脇は開き、銃の命中率は格段に下がる。その逆だと、相手の脇はしまり、弾を食らうことになるだろう――

私がてのひらで払った瞬間に、咳込むような音がして、板張りの床に弾痕がうがたれた。

ほんのわずかでも、私の動きが遅ければ、銃弾は床の代わりに、私の体のどこかを貫いていたはずだ。

銃で撃たれながら反撃するのは不可能だ。

たとえ、手や足といった、致命傷にならない部分であっても、被弾したとたんにひどいショックを受ける。

その瞬間に動きが止まってしまうのだ。銃弾がかすっただけで気を失う場合すらある。指先だろうが、爪先《つまさき》だろうが被弾したらすべてが終わるのだ。

私は、シェイマスの右手を払ったまま、右の猿臂《えんぴ》を鎖骨《さこつ》に振り下ろした。

さらに、銃を持った手が、外回りに円を描くように左手ですり上げておいて、同時に右手をそえ、手首が内側に曲がるように決めた。

銃が床に落ちた。私はそれを、遠くへ蹴りやった。

手首を内側へ決めると、てのひらは必ず開いてしまうのだ。

右足を後方へ引くと、シェイマスはまえのめりになった。

そこへ、カウンターの回し蹴りを放った。

私には、長い時間に感じられたが、実際には行動を起こしてから、五秒とたっていなかったろう。

シェイマスは、たまらず床に膝をついた。

私はベンソンの銃を拾い上げようとした。

そのとき、シェイマスは、アイルランド人の屈強さを発揮した。

回し蹴りのダメージをはねのけ、私にフックを見舞ってきたのだ。

反射的に身をのけぞらせて避けようとしたが、シェイマスのフックは、私の鼻をかすめていった。

鼻がじんとしびれ、キナ臭いにおいがした。床がせり上がってくるように感じる。

シェイマスの姿がかすみそうになった。

彼は、私の左脇へ回り込もうとしていた。腎臓に強烈なフックを叩き込もうというのだ。

腎臓にパンチを食らったら、その場でダウンだ。

私の体は、半ば無意識に動いていた。

私は唐突に膝を折り、両手を床についた。

その体勢から、思いきり右足を伸ばした。

私の右足の踵《かかと》が、シェイマスの左の膝に強烈にヒットした。

シェイマスはくぐもった悲鳴を上げた。

鼻をかすめたフックのダメージが去る。

シェイマスは、壁にかかった色とりどりのストラやカズラの中に倒れ込んでいた。

その衝撃で、棚の上の、聖杯や、燭台《しょくだい》、侍者の持つベルなどの聖具が落ちて、大きな音を立てた。

私は、その騒音とはまったく異質な、きわめて物騒《ぶっそう》な金属音を背後で聞いた。

銃のグリップにマガジンを叩き込み、コッキングする音だった。

振り向くと、ベンソンがルガーの銃口を正確にシェイマスのほうに向けていた。

私は、考える間もなく、右足で床を蹴った。

そのまま右足を大きく振り、後方のベンソンの銃を蹴り飛ばした。

中国拳法で旋風脚、空手では飛びあおり蹴りと呼ばれる大技だった。

動きが大き過ぎるため、敵の意表をつくようなとき以外は、決して使えない技だった。

そのかわり、決まったときの威力は大きい。

ベンソンの手首はよくて捻挫《ねんざ》、悪くすれば、骨にひびが入っただろう。

シェイマスが、驚きの眼で私を見上げていた。

ベンソンは、手首をおさえ、苦痛に耐えながら、私を見つめている。いくぶんかの怒りが混じった眼差しだった。

シェイマスは、首を振って起き上がろうとした。

「動くな」

私は、人差指を向け、日本語で命じた。

意味は充分に通じたようだった。

私は、シェイマスを睨みつけてから言った。

「さあ、神父。話してもらおうじゃないか」

ベンソンは、口を真一文字に結んだままだった。

私は、自分の体が震えているのに気がついた。

銃を持った男を相手にするのは初めてだった。

私は、何度か深呼吸しなければならなかった。ようやく、落ち着いた声が出せる気分になり、私は言った。

「ベンソン。あんたはアイルランド人ではあるが、この富士見が丘では、イエズス会の神父なんだ」

ベンソンはゆっくりと視線を落としていった。

長い沈黙のあと、神父は話し始めた。

「シショウにはわからないだろう。このマーティン・シェイマスという男は、私に二重の裏切りを働いたのだ」

私は言葉をはさまず、ベンソンの話を聞くことにした。

「北アイルランドでは、多くの同胞が、独立のために血を流している。今ではすっかり、過激なテログループと化してしまったIRAも、かつては理想に燃えた戦いを続けていたのだよ」

ベンソンはシェイマスを見下ろした。

「この男は、長年にわたって、スコットランドヤードのスペシャルブランチに、アイルランド側の情報を洩らしていたのだ、シショウ。そればかりか、IRAが国際世論のなかで、ますます孤立するように、無差別の爆弾テロを助長していたのだ。そのために、罪もない市民が大勢死んだ。わが共和国側の人間もだ」

神父は、一度言葉を切り、唇を怒りにふるわせた。

「シェイマスは、それを私に告解した。罪の許しを乞《こ》うたのだ。これが、私に対するふたつめの裏切りだ」

「どうしてわざわざ告解など……」

「口を封じるつもりだったのだよ、シショウ。昔からあるジレンマだ。犯罪者が神父に告白する。神父はその犯罪者のことを誰にも話せなくなる。IRAは裏切りを許さない。シェイマスがどこへ逃げようと必ず追ってくる。そして、いずれ、昔の友人である私のもとへも追っ手が来るだろう。そのときのために、私の口を封じておこうとしたのだ」

「しかし、考えが変わった。彼は、あんたに銃口を向けた。なぜだ」

「ゆうべの一件さ、シショウ。私の怒りかたを見て、シェイマスは悟ったのだ。私が何を考えたか」

「あんたの手でシェイマスを始末しようと……」

「そのとおりだ、シショウ。これでも、本当に親友だったのだ。私の手で葬《ほうむ》るのが一番だと思ったのだ」

「シェイマスは、親友のあんたを利用し、さらには殺そうとした……」

「そういう世界で生きてきたのだよ、彼は」

「それで、どうするつもりだ。まだ、彼を殺す気でいるのか」

ベンソンは首を横に振った。

「今、この男を殺せば、私は犯罪者となり、この富士見が丘の人々に大きなショックを与えることになる。シショウ、あなたがそれを教えてくれたのだ」

ベンソンは、シェイマスに向かって、アイルランド語で何ごとか厳しく命じた。

シェイマスは油断ない眼つきで立ち上がり、常にこちらを向きながら戸口まで進んだ。

そして、別れの言葉を残し、走り去った。

ベンソンは言った。

「彼は、もう二度と私のまえに現れることはない」

「どうなるんだ。裏切り者として処刑されるというわけか」

「私は、この手で彼を葬れなかったことを後悔するだろう。だが、何をしたとしても、後悔は必ず残るのだ。そうだろう、シショウ」

私は何も言わなかった。

「さ、シショウ。悪いがひとりにしてくれないか。これから長い時間をかけて神に許しを乞わねばならない」

私はうなずいた。

「菫子には、私からうまく話しておく」

私は、教会を一刻も早くあとにしなければならなかった。

ベンソンは決して私に涙を見せたくないだろうから。


「残念だわ。せっかくヨーロッパのつてを紹介してもらえるかもしれないと思っていたのに」

菫子が言った。

シェイマスが去った翌日の夜、私と菫子は、シノさんの店で一杯やっていた。

「あの神父のお友達にですか」

シノさんが尋ねた。

「そう。私のピアノを聴いてもらう予定だったの。それなのに、急に出発の予定が早まったとかで……」

「まだ、留学するつもりでいるんですか」

「チャンスがあればね……」

「なんだか、このあいだより消極的ですね」

「いろいろ考えたのよ。現実は厳しいわ。お金もかかるし……」

ドアが開いて、ベンソン神父が現れた。

彼は、手首に包帯を巻いていた。

「や、シショウ。スミレコさんといっしょで、いつもうらやましいね」

いつもの陽気なベンソンにもどっていた。

彼の神は許してくれたらしい。

「手はどうです」

私は、少しばかり気まずい思いをしながら尋ねた。

「だいじょうぶです。骨はなんともありません」

ベンソンは、私の耳に口を寄せてささやいた。「聖具室の拳銃がふたつに増えました。このことは、シショウと私だけの秘密です」

「なあに、男どうしでないしょ話?」

菫子が言った。

ベンソンは菫子に笑いかけた。

「そう言えば、ヨーロッパへ行って音楽の勉強をするという話、どうなりました」

「その話をしてたのよ。なんか、みんなにそう言われると、だんだん冷めてきちゃったような気がするわ。それに、私、もう若くもないし」

「そんなことはない」

ベンソンはおおげさな身振り入りで言った。

「スミレコはまだまだ若い。そしてきれいだ。番茶もデバナをくじかれる美しさです」

この男に諺《ことわざ》を教えた日本人はいったい誰なんだろう——私は思った。

「でも、私、まだあきらめたわけじゃないわよ」

菫子は一同に宣言した。

シノさんが私の顔を見た。

私は言うべき言葉が見つからず、かぶりを振ってみせただけだった。

第四話　マティーニに懺悔《ざんげ》を

1

その男が店へ入って来るなり、バーテンダーのシノさんの機嫌が悪くなった。

シノさんの店は、富士見が丘商店街のはずれにある細長いバーだ。

入口を入ると左手がカウンターになっており、右手の壁ぎわに、テーブル席がふたつある。

シノさんは、髪を短く刈った、四十歳ぐらいの無口な男だ。正確な年齢は私も知らない。

彼は、滅多に感情を表に出さないタイプだった。そのシノさんが露骨にいやな顔をしたので私は驚いた。

客は私と、幼なじみの三木《みき》菫子《すみれこ》だけだった。

彼女もシノさんの表情に気がついたようだった。

菫子は、そっと私のほうを見た。

店に入って来た男は、三十歳前後に見えた。私と同じくらいの年齢だ。

金のかかった身なりをしていた。

イタリア製のコンビの靴に、時計はロレックス。スーツは、デザイナーズ・ブランドのようだが、おそらくあつらえたものだろう。

髪は、ディップローションでオールバックに固めていた。

全体を見ると下品な感じがした。

店に入ってから、ずっとにやけた顔をしており、それが下品な印象を強めている。

彼は、椅子をひとつおいて、菫子のとなりに腰をのせた。

シノさんは、黙ってコースターを置いた。

「しばらくだね」

男はシノさんに言った。

シノさんは何も言わない。

「マティーニをもらおうか。ドライでね」

シノさんは、一度鋭く男を睨んだが、すぐに視線をそらした。

彼はマティーニを作ろうとせずに、ビールのせんを抜いた。

そして、グラスとビールを男のまえに置いた。

「聞こえなかったのかい」

男は言った。「ドライ・マティーニだよ。ビールなんか頼んじゃいない」

男の視線がにわかに剣呑《けんのん》な色を帯びた。堅気《かたぎ》でないことはすぐにわかった。

「ここは、おまえが来るような店じゃない」

シノさんがようやく口を開いた。

「へえ……。そうかい。俺が勘定に困るとでも思っているのかい」

シノさんは、無視して洗いものを始めた。

「いいから、そのビールを飲んで、おとなしくここから出て行け」

こんなシノさんを見るのは初めてだった。私と菫子は顔を見合わせた。

「あの……。私たち、行ったほうがいいかしら」

菫子が言った。「シノさんたち、何だかお話がありそうだし……」

「いいんですよ」

シノさんが言った。「気にせんでください」

男は、菫子のほうを見た。

ちょっと驚いたようなそぶりを見せた。

珍しい反応ではない。たいていの男は、菫子の美しさに賞賛の眼差しを送る。

しかし、そのあとが普通ではなかった。無遠慮に、頭の先から爪先までしつこく眺め回した。

値踏みするような眼つきだった。

「へえ……」

男は言った。「こんな店で、こんな美人に会えるとは思ってなかった……」

彼は、カウンターのほうに身を乗り出すようにして、私に言った。

「ねえ、あんたの連れかい」

私は何も言わず、オールドブッシュミルズの入ったショットグラスを傾けた。

シノさんが顔色を変えた。

「やめるんだ」

低い声だった。「その人にからむとただじゃおかん」

「何だい」

男はシノさんの眼を見て、苦笑いを浮かべた。「この人が何だって言うんだ」

店のなかは険悪な雰囲気となった。酒がまずくなり、私は顔をしかめた。

そのとき、入口の戸が勢いよく開いて、陽気な声が響いた。

「やあ、シショウに、スミレコ。今夜もうまい酒を飲んでますか」

富士見が丘カトリック教会の、ヨゼフ・ベンソン神父だった。

このアイルランド人のイエズス会士は、いつも絶妙なタイミングで現れる。

「師匠だって……」

男は私に尋ねた。「いったい、何の師匠なんだ」

「茶を教えています」

「茶？　茶道のことかい」

「そうです」

「へえ……」

そのとき男の眼が妙な光りかたをしたのが気になった。

狡猾《こうかつ》な眼つきだった。

男は、スツールから降りた。

「どうやら歓迎されてないみたいなんで、出直すよ、兄貴」

「兄貴」という言葉を聞いて、思わず私はシノさんの顔を見た。一瞬眼が合った。先に眼をそらしたのはシノさんのほうだった。

男はカウンターに一万円置いた。

「うまいマティーニだったよ。つりはいらない」

シノさんはその男の手首を握った。

驚くほどの素早さだった。

「これ以上、俺を怒らせるな」

男はおとなしく金をひっこめた。彼は、そのまま、何も言わずに店を出て行った。

「何があったのですか、シノさん」

ベンソン神父が尋ねた。

「いえ、別に……」

シノさんは洗いものを始めた。

ベンソン神父は私のほうを見た。

私は小さくかぶりを振って見せた。神父は、かすかにうなずき、それ以上、何も尋ねようとしなかった。

ベンソン神父は菫子のとなりに腰をおろし、陽気に言った。

「さあ、今夜もわがアイルランドの酒を飲ませてもらいましょうか」

シノさんはうなずき、ショットグラスをカウンターに置き、オールドブッシュミルズを注いだ。

十時になると、菫子は帰宅した。

三人の男は急に無口になった。

私はシノさんに言った。

「マティーニを作ってくれるかい」

シノさんは表情を変えずにうなずくと、手際よくカクテルを作り始めた。

最後に、凍るほど冷たいグラスを冷蔵庫から取り出し、それにカクテルを注ぎ、オリーブの実をひとつ入れて、私のまえに置いた。

口に含んだ瞬間に、ジンとベルモットのかおりが鋭角的に走り抜ける。

舌につきささるほど冷たい酒は、流れて咽《のど》の入口で燃え上がった。

「うまい」

思わず私はうなっていた。

シノさんはかすかに頭を下げた。

「あの男は、こんなうまいカクテルを飲みそこなったんだ。さぞ、残念だったろうな」

シノさんの表情が硬くなった。

ベンソンはじっと、私とシノさんのやり取りを聞いている。

「マティーニってのは、単純なカクテルですよ」

しばらくしてシノさんが、ぽつりぽつりと話し始めた。「ジンにベルモットを加え、ステアするかシェークする。注意することといえば、水っぽくならないようにできるだけ手早く作ることだけです。それに、オリーブをひとつ放り込みゃできあがりです。でもね、若。単純だからこそ、微妙なカクテルなんです。男たちは、ジンとベルモットの割合にこだわり、ステアかシェークかにこだわり続けた……」

ベンソン神父がうなずいて言った。

「こんな話を、私は知ってます。ジンはドライなほうがいい。ある人は、ベルモットをほんの二、三滴たらすだけだと言うんです。でもそれでも満足できない人がいて、自分は、ベルモットのびんをとなりに置くだけだって言うわけです。ただのジンじゃないか、と言われるんですが、その人は、いや、自分はあくまでもドライ・マティーニを作ったのだ。これはマティーニだと言い張るというわけです」

シノさんが今夜、初めてほほえみを浮かべた。

「そう……。神父さんの言うとおり、マティーニってのは、男たちのこだわりと、工夫の歴史が練り上げたカクテルなんですよ」

そこまで言って、彼は、微笑を消し去った。「だから、男の風上にも置けないようなやつには飲ませてやるわけにはいかなかったんです」

私とベンソン神父は、黙ってシノさんを見つめていた。

一瞬目を上げて、私と神父を順番に見たシノさんは苦笑した。

「わかりましたよ。話しますよ。あいつが、ここを出て行く間際に『兄貴』って言ったのを聞いたでしょう。あいつは、かつて、私の弟分だったのですよ」

ベンソン神父が静かに尋ねた。

「シノさんは、ヤクザだったのですか」

「お恥ずかしい話ですがね、若いころはそうとうにグレてましてね。ある組の代貸《だいがし》にひろわれまして、行儀作法を教わったわけです」

「ダイガシ……？」

神父が訊《き》いた。「何です？　それは」

「関西で言う『若頭《わかがしら》』のことですね。関東のほうじゃ代貸と言うんですよ。……で、気がついてみると、弟分を五、六人かかえる立場になっていたというわけです。普通なら、それで、なかなか足を洗えなくなるところなんですがね……。大《おお》先生と、先生――つまり、若のおじいさまとお父さまが、いろいろと骨を折ってくださいまして、それで足を洗えたというわけです」

「シショウのお父さんやおじいさんは、ヤクザよりも強かったのですか」

シノさんは笑った。

「強かったですね。いや、この若だって……」

「俺はただの、茶道の師範だ。祖父とは違う」

祖父は、剣とわが家に伝わる拳法のまぎれもない達人だった。

武道の道場と、侠客たちが、今よりずっと密接な関係を持っていた時代があった。

『組』が暴力団などと呼ばれ始める以前のことで、まだ彼らは、地域の英雄的存在だった。

祖父が若かった時代の話だ。

そのころ、祖父は、侠客たちの意気に感じて、助《すけ》っ人《と》を買って出たりしたのだという。戦後のどさくさの時代は、特に愚連隊など成り上がりの新興勢力がのしてきて、古くからの地回りは、命がけで地域を守らねばならなかった。

その時代に、命を助け、また助けられたりといった固い絆《きずな》で結ばれた連中が、今では、全国に散って、大親分として、いくつかの組をたばねる立場になっているのだ。

わが家は、それ以来、そっちの世界では、一目置かれているのだが、すべて祖父のやったことで、この私には一切《いっさい》関係ない。

私はシノさんに言った。

「その当時の連中とは、きれいに切れているんじゃないのかい」

「切れてます」

「さっきの男は、堅気じゃないね。かといって礼儀をわきまえているわけでもない。チンピラじゃないか。少なくとも、昔の兄貴分に、あんな態度を取るヤクザもんはいない」

シノさんは溜め息をついた。

「当節はそうもいかないようで……。礼儀作法より、金が大切なんです。ヤクザもんは、金のにおいのするところには、必ず姿を現します。高利貸し、サラリーローン、風俗営業、地上げ屋から売春、薬《ヤク》……。さっきの男――中西正次《なかにししょうじ》と言いますがね――いかがわしいビデオの仕事をまかされて、けっこう羽振りよくやっていると聞いています」

「ずっと会ってなかったんだろう」

「はい。中西のやつは、池袋のほうで、顔を利《き》かせているようで……」

「どうして今ごろ、シノさんに会いに来たんだろう」

「さあ、そこんところは……。このあたりの人に迷惑がかからなければと、気になり始めてるんですよ」

「シノさんはもうあの男の兄貴分じゃないんだ」

私は、マティーニの残りを空けた。「つまらんことで気をもむのはやめたほうがいい」

「でもね、若……」

シノさんはそこまで言って口をつぐんだ。それきり黙り込んでしまった。

ベンソンは、ひとり静かにウイスキーを飲んでいた。

2

二日後、中西正次が私の家を訪ねて来た。

「何の用ですか」

玄関の三和土《たたき》に立った中西に、私は言った。

「へえ……」

彼は、玄関のなかを見回して、にたにたと笑った。

「茶道ってのは、裏とか表とか言うもんだとばかり思っていた」

私は黙っていた。

中西は、私のほうを向いた。

「あんたんとこは、そうじゃないんだな」

「裏、表、武者小路の三千家のほか、江戸千家、鎮信流、宗徧《そうへん》流、日本茶道学会など、多くの流派があります。わが相山流は、組織は小さいが、歴史の古い由緒の確かな流派です。現在の家元は、第十四代で、武田宗毅《たけだそうき》といいます。開祖の武田宗山《そうざん》は、千利休《せんのりきゅう》の直弟子《じきでし》で……」

中西は両手を上げて、私をさえぎった。

「いいよ、いいよ、面倒くさい説明は」

「ゆえあって、利休のもとを離れ、鎌倉に居を構え、宗山の宗の字を相模《さがみ》の相に改めて、相山流を開いたのです」

「説明はいいって言っただろう」

中西は声を荒らげた。

「何の用です」

私は再び尋ねた。

「俺も、茶道ってのを一度習ってみたいと思っていたんだ」

「ほう……。なぜです」

「なぜって……。あんたんとこじゃ、入門希望者に、いちいち理由を尋ねるのかい」

「そういう場合もあります」

中西は、いやらしい笑いを浮かべた。凄んでいるつもりなのだろう。

「茶道に興味があるからよ。それじゃいけないかい」

「けっこう。月曜日の午後一時、稽古に来てください」

「月曜の午後一時だな。わかった」

「お待ちしています」

帰りしなに、中西は思い出したように尋ねた。

「先生よ。兄貴の店で、あんたのとなりにすわってた女の人――あの人も、あんたんところでお茶を習ってんのかい」

「どうして、そんなことを訊くのです」

「いやね」

中西は鼻で笑った。「ちょっと気になったもんでね」

「あなたには関係ない」

「そうだな。今んところはな」

彼は、大物を気取って意味ありげな余裕を見せた。

私はあっさりと無視した。

中西は、玄関を出て行った。


月曜日の午後一時を少し回ったころ、中西が道場を訪れた。

一人前にスーツを着ていたが、会員制のディスコへでも行くような恰好だった。

コロンのにおいをぷんぷんさせていた。

道場に足を一歩踏み入れた彼は、妙な顔で立ち尽くした。

私は、稽古生たちに、中西を紹介した。

稽古生たちは、にこやかに言い合った。

「まあ、お若いのに、感心だことねえ」

「ほんとに。お茶に興味がおありだなんて、珍しいこと……」

中西は、私のそばに正座して、目をしばたたいていた。

月曜日の午後、道場に集まってくるのは、みな六十歳を過ぎたご婦人たちだ。

暇をもてあました彼女たちが、茶話会を兼ねて、茶を習いに来ているのだ。この年ごろの女性は、一度若いころに茶の経験がある人が多く、みな週一度の稽古を楽しみにしている。

私は、ひそかに、この稽古の時間を「敬老会」と呼んでいた。

中西は、明らかにうろたえていた。

「さ、あちらに行って、まず、立ち振るまいを教わってください。立ちかた、座りかた、畳のへりの越しかた——これから先、お茶をやっていくに当たり、ずっとついて回る大切な基本です。先輩が親切に教えてくれます」

私が言うと、中西は、凄い形相《ぎょうそう》で私を睨んだ。

私はかまわずに言った。

「それから、その大きな金のブレスレットや時計は、稽古場に入ったら外してください。茶の道具は、陶器や塗りものばかりです。金属が当たるといたみますので。それに、刃物をはじめとして、光るものを茶室に持ち込むのは、遠慮していただくことになっています」

「なめやがって」

中西は、私だけに聞こえる低い声で言った。

「何のことです」

「いい度胸だ。また来るぜ」

中西は立ち上がり、畳を踏み鳴らして去って行った。

老婦人たちが、驚いて私のほうを見た。

「何でもありません」

私はほほえんだ。「急用を思い出されたのだそうです」

私は、いつもより早い時間にシノさんの店へ行った。

開店したばかりでほかに客はいなかった。

私は、中西が道場へやってきたことを話した。

「やっぱりね」

シノさんは、ビールと八オンスのタンブラーを私のまえに置いた。まず一杯めはビール
――それが習慣になっていた。

私は自分でビールをついだ。

シノさんは言った。

「やっぱり、どうしても気になって、あっちこっち電話して調べてみたんですよ」

「商売があまりうまくいっていない……」

「かなわないな、若には。そのとおりなんですよ。いわゆる、オモテのアダルトビデオってのは、最近はタレントも美人でそこそこ出るらしいんですがね、中西のやってるようなウラの世界じゃ、なかなかきびしいらしいんですよ。第一に、警察の締めつけがきつい。若くていいタレントは、あまりどぎついことはやらない。だが、ウラビデオなんてのは、えげつなくて、どぎついものでなくちゃ売れやしない。あの業界じゃそうとうきわどいことまでやっているらしいですよ」

「ほう……」

「例えば、地方公演へ行った歌手なんかを、誘拐同然にホテルに連れ込んで、無理矢理撮影しちまうなんてこともあるそうです」

「よく警察沙汰にならないな……」

「プロダクションとつるんでやりますからね。しかし、最近はそういうのもやばくなってきたそうで……。それに、ウラを扱う連中は、もう芸能人がどういう人種か知ってますから、そんなもんじゃ刺激を感じないんですね……。今、素人の強姦ものがよく売れるらしいんですが、こいつは、一歩まちがえば、すぐお縄です。いちおうたてまえだけでもヤラセということにしておかないとまずいんです。中西はそのやりくりをやらされてたようです」

「そうか。それでうちに来たときに、裏がどうの表がどうのと言ってたんだ」

「何の話です」

「いや、いいんだ。話を聞いてると、中西ってのは、それほど大物じゃなさそうだな」

「大物？　冗談じゃありませんよ、若。若が言われたようにチンピラですよ。今じゃ組も会社組織になってましてね。あいつは、ビデオの下請けの会社をひとつあずけられてんですよ」

「そうか。俺が茶道を教えていると知って、目をつけたのもうなずける。中西は、常に女を何とかしなければならない立場にあるんだからな」

「若にこれ以上迷惑がかからないように、私が何とかします」

「だめだ、シノさん」

私は言った。「あんた、二度と昔の世界に首つっこんじゃいけない」

「しかし、若……」

「そんなことになったら、俺は、じいさんに何と言って言い訳すりゃいいんだ」

シノさんは何も言わなかった。

「でも……」

私はふと疑問を抱いた。「俺のところへ現れたというのはわかる。そのまえに、シノさんのところへ顔を出したのはなぜなんだろうな」

「さあ……」

シノさんは口ごもった。

九時半ごろ、ベンソン神父がやってきて、カウンターの席にすわった。

それから三十分後、菫子が姿を見せた。

「今夜は、いらっしゃらないかと思っていましたよ……」

シノさんは私のとなりにコースターを置きながら言った。その顔がふと曇った。「どうかしましたか」

「もう。頭にきちゃう」

菫子は、完全に怒っていた。「ヘネシー、ちょうだい」

「何があったんです」

シノさんは、ブランデーを棚から取り出して尋ねた。

細長いブランデーグラスに注がれたヘネシーを、菫子は一気に干した。

「もう一杯」

シノさんは言われるままに注いだ。

彼は、そっと私とベンソン神父の顔を見た。

「人を何だと思ってるのかしら……」

「何があったんだ」

私が尋ねた。

「このあいだ、ここへ来た人がいるでしょう。シノさんの昔のお知り合い……」

「中西ですね。やつがどうかしましたか」

シノさんの眼が底光りした。

昔の稼業を思わせた。

「商店街の入口んところで、私に声をかけてきたのよ。モデルをやらないか、ですって。

その気になりゃ、映画にも出してやるなんて言うのよ。私が、そんな気はないって言うのにしつっこくて……。あんまりくどいから、どんな映画なのって訊いてやったの。そうしたら、ゆっくり説明するから、とりあえず車に乗ってくれなんて言うのよ。ばかにしてるわ。私がのこのこついて行くと思ってるのかしら」

中西も相手を選ぶべきだった。

菫子が渋谷あたりの繁華街を歩くと、信号待ちで立ち止まるごとに、モデルの勧誘の声がかかるのだ。

菫子は、はなからそんなものを相手にはしていない。

彼女は、もう一度、ヘネシーを勢いよく飲み干した。

「ああ、これで少しは、すっきりしたわ」

「おや、スミレコ。もう帰るのですか」

ベンソン神父が意外そうな表情をした。

「そ。忙しいの。ピアノのレッスンに、そして、これ」

彼女は、脇にかかえていた、フランス語の教科書と辞書を私たちに見せた。「予習、復習をちゃんとやらないと、授業についていけないの」

彼女は手を振ると、店を出て行った。

「スミレコは、いつからフランス語など習い始めたのですか」

ベンソン神父が私に尋ねた。

「ついこのあいだからだ。パリへ留学してピアノの勉強をするために、まずフランス語の基礎だけでもやっておきたいと言っていた」

「まだ留学のこと、あきらめてなかったのですか」

「言い出したら聞かない女だからね」

私は、そのとき、シノさんがボウタイをはずそうとしているのに気づいた。

「どうしたんだ、シノさん」

「若、今夜は、これで店じまいにさせてもらいます」

「中西のところへ行くつもりか」

「菫子さんに手を出そうとするなんて許せません」

「どこにいるかわからんのだろう」

「探し出します。このあたりをうろついてるに決まってますよ」

「行ってどうなる。何も起きなかったんだ。放《ほう》っておけばいい」

「そうはいきません、若」

「シショウの言うとおりになさい」

ベンソン神父が言った。「いざとなれば、シショウが行きます」

「神父さん」

私はあきれた。「あんたはいつも俺をけしかけようとする。神は暴力を肯定しているのか」

「私の神は、正しい者を常に祝福します」

シノさんは迷ったすえ、ボウタイを締め直した。

水曜日夜七時からが正式の稽古で、この日は、女子高校生、女子大生から、近所の主婦まで、若い女性がたくさん集まる。

道場は、かつての剣道場を改築した大広間で、普段人がいないときは、やたらに広く感じるが、この稽古日だけは、窮屈なほどだ。

初心者には、先輩格の稽古生が、服紗《ふくさ》さばきや棗《なつめ》ふき、茶杓《ちゃしゃく》ふきなどといった基本の『割り稽古』の指導をする。

私は、丸卓《まるじょく》という棚点前の稽古を見ていた。

襖が開いた。私は、そちらを見た。

中西が、正座をしていた。

「先生」

彼は、妙に丁寧に言った。「お稽古にまいりました」

「あなたの稽古日はきょうではありません」

「すいません。月曜日は、どうにも都合がつきませんので」

彼は、わが家の様子をずっとさぐっていたのだろう。若い女性が集まるのを見て、再びやってきたのだ。

彼は女性たちに反感を買わぬように芝居をしているのだ。

彼の狙いはわかっていたが、稽古に来た者を追い返すわけにはいかない。

私は、古参の主婦に、基本の指導をたのんだ。中西は、素直に稽古を続けた。ときには冗談を言って先輩の主婦を笑わせたりしていた。さすがに、女に取り入るのはうまい。

稽古が終わると、中西は、おとなしく帰って行った。

3

深夜に電話のベルが鳴り、夢のなかからひきずり出された。

相手は、富士見が丘病院の外科担当、土谷医師だった。

「すぐに病院まで来てくれ」

彼は言った。

私は急いで身じたくをして出かけた。

病院の裏口から入り、ナースステーションで土谷医師に呼ばれた旨《むね》を告げると、すぐに病室まで案内された。

ベンソン神父と土谷医師がベッドを見下ろして立っていた。

ベッドには、若い女性が汗を流しながら横たわっていた。

その顔を見て、私は眉をひそめた。うちの稽古生のひとりだった。女子大生で、たしか静岡から上京してひとり暮らしをしていたはずだ。

「どうしたんだ」

私は土谷医師に尋ねた。

「シノさんがかつぎ込んで来たんだ。男に襲われたらしい」

私は唇を咬《か》んだ。自然に拳を握りしめていた。

「安心しな」

土谷医師が言った。「犯《や》られちゃいない。未遂だ。だが、ひどいショックを受けてる。だから神父を呼んだんだ。俺は心の傷まで縫合できねえからな」

「どんな具合なんだ」

「どうやら、走ってる車から逃げ出したらしい。右足首が折れちまってる。そのほか、あっちこっちに打撲傷。さらに、このお嬢さん、薬物を打たれてる」

彼女は、苦しげな荒い呼吸をしており、額に汗を浮かべている。

うっすらと目をあけて、私を見た。

「先生……。熱い……。体がすごく熱い……」

薬物のせいだった。

「だいじょうぶだ」

土谷医師が言った。「たいした量じゃない。抜けるまで二、三日気分が悪いがね」

私は彼女の汗をハンカチで拭いてやった。

「安心しなさい。医者がだいじょうぶだと言ってる。この医者は、見かけは悪いが名医だ」

「先生……。私、無理矢理車に乗せられて……。男はふたりいたわ。夢中で車のドアを開けて……」

「男たちのひとりは、きょう稽古に来たやつだね」

彼女はうなずいて、疲れ果てたように目を閉じた。

私はベッドを離れた。

「どうなってんのか、事情は知らんし、知ろうとも思わん。俺は患者を治療するだけだ」

土谷医師が言った。「だが、放っておくとシノさんがあぶないいんじゃないのかい」

「土谷先生、その娘をたのみましたよ」

私はそう言って病室を出た。

ベンソン神父が私のあとを追ってきた。

「神父。あんたの行くべきところじゃない」

「シショウ。忘れたのですか。われわれイエズス会士は『神の兵士』と呼ばれているのですよ」

私は、それ以上何も言わなかった。止めておとなしくひっこむ男ではないのだ。

病院を出ると、ベンソン神父は私に尋ねた。

「シノさんがどこにいるか、どうやってつきとめますか」

「しかたがない」

私は言った。「昔、シノさんがいた組の連中に訊いてみるしかないだろう」

私たちは大通りに出てタクシーを拾った。


「この店は会員制になっております」

黒いタキシードの男が店の入口で私たちを止めた。私は、マネージャーを名指しで呼びつけた。

マネージャーは、私の形相を見て目を丸くした。

「富士見が丘の若……」

私は、中西について尋ねた。

「あいつは、ずいぶんまえに破門になってますよ。その後、池袋のほうへ流れたと聞いてますがね」

「どこかに関係してるって話は聞いてないか」

「ああ、それならあそこだ」

マネージャーは、ある地元暴力団の名を教えてくれた。私たちはその事務所へ急いだ。


事務所は路地裏のビルの三階にあった。

そこだけに明かりがともっている。

私は階段を駆け上がった。

同じようなパーマをかけた、黒いジャージ姿の若い男がふたりドアのまえで行ったり来たりしていた。

私は、ドアに歩み寄った。

「何だ、てめえたちゃ」

片方がまったく貫禄のない声でわめいた。

「どけ。けがするぞ」

「何だと、この野郎。ここをどこだと思ってるんだ」

ひとりが私の服の肩のところをつかんだ。

私はベンソンに言った。

「神父さん。ちゃんと見ましたね。先に手を出したのは俺じゃない」

「見ましたとも、シショウ」

相手は私の肩をぐいと引いた。

私は相手が引く力を利用して体を思いきりひねり、掌底を突き出した。掌底は相手の水《すい》月《げつ》――鳩尾《みぞおち》の急所を突き上げた。

男は体を折って苦悶する。

低くなった顎に、膝を叩き込んだら、男はすうっと気持ちよさそうに倒れた。

この間、約〇・五秒。

それを見ていたもうひとりの若者が、罵声《ばせい》とともに、殴りかかってきた。

拳を肩まで引くような素人のパンチではない。

左のショートフック、右のアッパーと連打してきた。

私は左をバックステップでかわし、右のアッパーにタイミングを合わせた。

わずかに空いた右脇に、回し蹴りを見舞う。足の甲ではなく、靴の爪先を叩き込んだ。

男の体はぐにゃりと崩れた。そのまま起き上がろうとしなかった。

私は、ドアを開けた。ベンソン神父は私のうしろに立った。

まず私の眼に飛び込んだのは、顔面が血まみれで、子供みたいにひいひいと泣いている中西の姿だった。

彼は、壁にもたれ腰を床について、力なくかぶりを振り続けていた。

その横に、シノさんが立っていた。

彼は右の二の腕を左手でおさえている。顔面は真っ蒼で、額に汗の玉が浮いている。腕を折られて、貧血を起こしかけていることがすぐにわかった。

おそろしく肩幅が広く、背の高い男がゆっくりとこちらを向いた。

全員が一瞬凍りついたように動かなくなった。

「若……」

シノさんがつぶやくように言った。

「何だ、てめえらは」

巨漢が腹に響く低音で言った。「まだ神父を呼んだおぼえはない」

「たいてい、呼ばれてからでは遅いのです」

ベンソンが言った。「私たちの仕事はね」

部屋の様子を見て察しがついた。

中西は、商売がうまくいかず、上からしぼられ、にっちもさっちもいかなくなっていたのだ。

半ばやけになって今回の事件を起こした。それでみそをつけて、リンチを受けたというところだろう。

中西は、この稼業から逃げたがっていたに違いない。最初にシノさんの店を訪ねてきたのは、昔の兄貴分に助けてもらいたかったからなのだ。

しかし、シノさんには冷たくあしらわれた。

幸か不幸か、その店で、茶道の道場につてを見つけたわけだ。

私は、巨漢に言った。

「そのふたりを引き取りに来た」

「悪いが、こっちの用がまだ済んでねえんだ」

「見たところ、もう充分だと思うが……」

「社内の事情に口を突っ込んでもらいたくねえな。あんた、どこのもんだ」

相手の問いにこたえる気はなかった。

「話し合っても無駄のようだな」

「いけない、若。そいつは、もとプロレスラーだ」

正直言って、首筋が寒くなった。

テレビのプロレス中継を見て、八百長だの本気じゃないだのと言ってばかにする人は多い。

確かにプロレスはショービジネスだ。しかし、あんなにハードな興行を、ほとんど休みなく連日続けているのだ。プロレスラーというのは、おそろしくタフな人種なのだ。

そして、プロレスというのは、投げ技、関節技、固め技、パンチ、キック、何でもありという手強《てごわ》い格闘技だ。

まず、まともに殴り合ったのでは勝ち目はない。鍛え上げた相手の体に、こちらのパンチは通用しないだろう。

もとプロレスラーは、ソファを軽々とはらいのけて、私に近づいてきた。

私は、待ちの体勢に入った。カウンターで急所を狙うしかない。私が彼に勝《まさ》るのは、スピードと技の正確さくらいだろう。

プロレスラーくずれは、右のパンチを繰り出してきた。

私は、それをすり抜けるように左の突きを合わせた。ただの拳ではなかった。人差指の第二関節を高く突き出した拳で、中国では鳳眼拳《ほうがんけん》と呼び、空手道では人指一本拳と呼ぶ。人差指の第二関節を楔《くさび》のように打ち込む、きわめて危険な拳だった。

私の鳳眼拳は、相手の右パンチをはじきながら伸び、鼻と上唇の間にある人中《じんちゅう》という急所に突きささった。

巨漢はそれだけで、大声を上げて苦悶した。

人中をこのように突かれると、痛さのため発狂することすらある。

もとプロレスラーは、口もとをおさえ、真っ赤に血走った眼で私を睨みすえた。

彼は、用心深くなり、姿勢を低くした。さらに手強い男に変貌したのだ。

彼は私の足を狙っていた。

引き倒して、関節技に持ち込み、手足の骨をへし折ろうというのだろう。

あるいは、そのまま、頭を踏みつぶしに来るかもしれない。

とにかく、レスラーにどこかをつかまれてしまったら終わりだ。

私は、わずかに、後方の右足に体重をかけた。空手の後屈に近い立ちかただった。

案の定、相手は、私の左足を取りに来た。

私は、左足のスナップをいっぱいに効かせて蹴り上げた。靴の先が、顎にめり込んだ。顎も鍛えようのない急所のひとつだ。

巨体が無防備に起き上がった。そのまま、よろよろと後方へ後ずさりしている。軽い脳震盪《のうしんとう》を起こしているのだ。勝つチャンスは今しかない。

私は素早く巨体のうしろへ回り込み、両手で襟《えり》をつかんでぐいと引き落とした。

もとレスラーは、あおむけに倒れてきた。

その後頭部へ、左右の膝蹴りを連続して叩き込んだ。

私は手を放した。

さらに、相手が床に倒れる直前、サッカーのインステップキックの要領で、後頭部へ一撃を加えた。

床がふるえた。巨漢は、昏倒《こんとう》していた。

私は、全身冷たい汗でいっぱいだった。恐怖で息が上がっていた。

シノさんが、大きく目を見開いているのに気づいた。私は、わずかに気恥ずかしさを覚えた。

私が今、相手に対して加えた攻撃は、並の人間なら死んでいてもおかしくないほど危険なものだった。恐怖感が私に、そんな技を使わせたのだ。

戸口に、頭を短く刈った赤ら顔の小柄な男が立っていた。

体は小さいが、一目見て、組の大物とわかった。貫目《かんめ》がまるっきり違う。

私は、またしても、ぞっとした。

男は、ゆっくりと部屋に入って来て、もとプロレスラーを見下ろした。

そして彼は、私のほうを見た。

「早く行ってください」

彼は溜め息まじりに言った。「なに、ぼんやりしてるんです。これ以上のもめごとはたくさんです。それでなくても警察が目ェ光らせてんのに」

私はシノさんと顔を見合った。

私は言った。

「中西をもらって行く」

幹部らしき、赤ら顔の小男は、中西のほうを見た。けがの様子を点検しているような眼差しだった。

「のしつけてさしあげますよ。さ、私の気が変わらんうちに早く行っちまってくださいよ」

今後、二度と関わりたくないタイプの男だった。

ベンソン神父は、シノさんの脇に手を入れ、かかえるようにして部屋を出た。

私は、中西に肩を貸した。服に血がついたが、そんなことをかまっている余裕はなかった。

部屋を出ようとするとき、幹部は言った。

「あんた、富士見が丘の若でしょう」

私は立ち止まった。

「このレスラーくずれの男も相手が悪かったというわけだ。しかしね、こんなこと続けてると、いずれ、あんただって無事じゃ済まないよ」

私は振り向かず、そのまま事務所をあとにした。


私たちは、中西とシノさんを富士見が丘病院へかつぎ込んだ。

土谷医師がしかめ面《つら》をした。

「あんたらの治療はうんざりだ。自分の体を何だと思ってやがるんだ」

彼は、シノさんに言った。「見せしめだ。二、三日病室に監禁してやるぞ」

治療が終わると中西は、自分から警察へ行くと言い出した。

私の教え子が正式に告訴すれば、暴行傷害で多少は臭いメシを食うことになるだろう。

「私がついて行きましょう」

ベンソン神父が言ってくれた。私は任せることにした。


私は、稽古生の枕元へ行った。

彼女は私の気配を察知して眼をあけた。点滴の効果があったのか、いくぶんかさきほどより落ちついていた。

「犯人は警察へ行った」

私は言った。

「先生……。私、くやしい……」

「いずれ警察が、告訴するかどうかを訊きに来るだろう。そのとき、ちゃんと返事ができるかい」

彼女はうなずいた。

私は、彼女が目を閉じてからも、しばらくそこに立っていた。

病室の外へ出ると、レントゲンを撮り終えたシノさんが、診察室へもどるところだった。

「若……」

彼は言った。「とんだ迷惑をかけてしまって……」

「そんなことはいいさ……」

「実を言いますとね、最初、中西が店に来たとき、私に助けを求めているのがわかったんです。それなのに私は……」

「済んじまったことさ。それより問題は、中西の今後だ。力になってやらなきゃな……」

「はい。でも、自信がありません。ねじくれちまった人間の根性ってのは、なかなかまっすぐにゃなりません」

「中西もそうとうにこたえているはずだ。チャンスを与えてやるんだよ」

「はあ……」

「マティーニをまえにして、懺悔《ざんげ》でも聞いてやるんだな」

「私に、そんなまねができるかどうか……」

「できるさ。あのベンソンですら、毎日やってるんだ」

「いや、月見酒もいいですが、少し寒いですね、シショウ」

私とベンソンはわが家の縁側で酒をくみ交わしていた。

シノさんの腕がなおるまで、彼の店で飲むことができないのだ。

「あ、こんなところにいた」

菫子が露地を通って、われわれのところに近づいてきた。「男ふたりで、また、禅問答みたいな話をしていたんでしょ」

ベンソン神父は真面目《まじめ》な顔でかぶりを振った。

「禅はせっかちでいけません」

「あら、どうして」

「ゼンは急げと言うでしょう」

私は立ち上がって、台所から菫子のためにぐい呑みをひとつ持ってきた。

菫子に冷酒をついでやる。

「シノさんは、どうして腕なんか折っちゃったの」

「知らんよ、俺は」

私は言った。

「あの中西って人が関係してるんじゃない」

「そうかもしれない」

「やだわ、物騒で……」

「だいじょうぶです、スミレコ。すべては片づいたのです」

ベンソン神父が言った。「神が私に、そっとお教えくださいました」

「やっぱり、ふたりはいきさつを知ってるのね」

「知らないと言ってるだろう」

菫子は、両手でぐい呑みをもてあそんだ。

そこに視線を落とした。

「ねえ……」

彼女は言った。「怒ってるんじゃない」

「どうしてだ」

「私があんまり勝手なことばかりやってるから……。それで、私を仲間はずれにしてるんじゃないかしら……」

私は、ベンソン神父の顔を見た。

彼は、口笛をふくような振りをした。

「ばかなことを言うな」

私は言った。「そんなことで怒るはずはないだろう」

「本当?」

「少なくとも、理想を失《な》くしちまった人間より、ずっといい」

「本当にそう思う」

「本当だ」

彼女は微笑してぐい呑みを口に運んだ。

私は、彼女に酒をすすめた。
彼女はぐい呑みを差し出した。
その横顔を、月が照らした。美しいほほえみだった。
それを見て、私は、彼女に何も文句は言えないと思っていた。

第五話　鬚《ひげ》とトニック・ウォーター

1

「師匠！　たいへんだ」

シノさんの店で一杯やっているところに、富士見が丘商店街にある八百屋のオヤジが飛び込んで来た。

「どうしましたか」

私に代わってそう尋ねたのは、神父のヨゼフ・ベンソンだった。

銀髪に、子どものような茶目っけのある青い眼を持つこのアイルランド人は、五十代だというが、どう見ても三十代にしか見えない。ラグビー選手のような体格をしている。

八百屋のオヤジは言った。

「土谷先生が、大通りの『清泉《せいせん》病院』に殴り込みに行っちまった」

私は、彼の顔を見つめた。あまりに意外なことで、そうしているしかなかった。

「いったい、どういうこってす？」

バーテンダーのシノさんが尋ねる。

「ええい。じれってえな。話はあとだ。清泉病院がどんなところか知らんわけじゃないでしょう。早く来てくださいよ」

私は、シノさんとベンソンの顔を順に見た。

シノさんは、他人にわからぬほどかすかにうなずき、ベンソン神父は肩をすぼめて見せた。

私は立ち上がった。

ほぼ同時にベンソンも立ち上がる。

「若……」

シノさんが私に言った。「くれぐれも無茶はいけませんよ。分別のないことをしでかしたら、若だけでなく土谷先生のためにもなりません」

「わかっている」

私とベンソンは出入口に向かおうとした。

「どうしてなの」

隣りの席でヘネシーを味わっていた三木《みき》菫子《すみれこ》が私に向かって言った。「どうして、この町のみんなは、面倒事をみんなあなたのところへ持ってくるわけ？　あなたは、ただの、お茶のお師匠さんじゃない」

私は彼女を見、それからシノさんの顔を見た。何もこたえずに店を出た。

私とベンソンは、外科医の土谷に何度世話になったかわからない。私たちは、ひそかに彼のことを修理屋と呼んでいた。

シノさんの店は商店街のはずれにあり、そのあたりではタクシーは拾えない。

私たちは、徒歩で清泉病院まで行くことにした。三人は小走りに大通りへ急いだ。

「何があったんです？」

私は八百屋のオヤジに事情を訊《き》いた。

「いえね……。今夜は土谷先生が病院の当直医だってんで、出かけてって、ヘボ将棋の相手をしていたんですよ。そしたら、そこへ救急車がやって来ましてね。それからは、てんやわんやですよ」

八百屋のオヤジは、息切れがし、そこで、言葉を切った。

「……でね……。五歳くらいの男の子が運び込まれたんです。ご両親はもうほとんど取り乱しちまってましてね。子どもを診《み》てくれなきゃ訴える！　はなっから、こうですよ。事情を訊いたら、病院をたらい回しにされたらしいんですね。土谷先生は、すぐ子どもを診ましてね、内科の結城《ゆうき》先生を呼びました。結城先生もすぐに飛んで来て、診察なさいましてね……。で、おふたりで話し合って、すぐに手術ってことになったんです。盲腸だったんですよ」

「虫垂炎《ちゅうすいえん》ですか」

「正式にはそう言うんですってね。急性虫垂炎だったんです。でも腹膜炎てやつを併発してたとかで、危なかったらしいですよ。盲腸ったってばかにはできないらしいですね」

「手術はうまくいったのですか」

「そりゃあ、土谷先生だもの……」

「その手術と、清泉病院がどう関係あるんです」

「その子のご両親が、最初に連絡したのが、清泉病院らしいんですがね、どうして突然土谷先生が殴り込みに行ったのか、俺たちにもはっきりはわかんないんですよ」

私はベンソン神父の顔を見た。

いつもの、陽気で冗談を飛ばしてばかりいる彼ではなくなっていた。

明るい青い眼は、今は、冷たい灰色に見えた。

彼はいつも「イエズス会士は、神の兵士だ」と言っているが、本当にベンソンは掛け値なしの戦士なのではないかと私は思っている。

十分ほどで清泉病院に着いた。

国道に面した、ベッド数五十ほどの、ちょっとした規模の病院だ。

私たちは、夜間受付の出入口のほうへ進んだ。

両開きのドアを開けたとたん、大声でやり合っているのが聞こえた。

入院患者が数人、階段の途中から何ごとかという顔で眺めている。

看護師は、完全に困惑して野次馬を立ち去らせようともしない。三人の看護師がいたが、みな、一様に目を丸くし、半ば口を開けて立ち尽くしている。

それも当然だ。

突然、白衣の男がやって来て、自分の病院の当直医を怒鳴りつけているのだ。

しかも、その男の人相は決していいほうではなかった。

黒々とした顎鬚《あごひげ》をたくわえている。山小屋などで出会いそうなタイプだった。

確かに私たちも驚いていた。

私やベンソンを驚かせたのは、土谷医師の激しい口調だった。私たちは、彼が怒ったところを見たことがない。そして、笑ったところも。

彼は感情を表に現さない、きわめて静かなタイプの男だった。

その土谷医師が、顔を赤く染め、眼を怒りに光らせて怒鳴っていた。

「運び込まれたとき、熱計は取ったのか。問診は何項目くらいやったんだ。触診はしたのか。白血球の増減は調べたのか」

相手の医者は、四十がらみの太った男だった。彼は、土谷医師の相手をするのが面倒だとばかりに、苦い顔で言った。

「私がどうして、君ごときに、そんな報告をしなくちゃならんのだね。そんな義務はないね」

「あの子の虫垂は、腸間膜に癒着《ゆちゃく》して、限局性腹膜炎を併発していたんだぞ」

「大騒ぎをするほどの症例じゃあるまい。そんな手術をやったからって、君、自慢にはならんよ。手術の腕を誉《ほ》めてもらいたいのなら、世間知らずの医学生のところへでも行きたまえ」

土谷医師の眼が危険な色に光った。

私は、飛び込んだ。

彼の右腕をおさえようとした、しかし、遅かった。

土谷医師のパンチは、私の予想よりはるかに速かった。

フックが、肉のだぶついた医者の頬にヒットしていた。

速いが体重の乗ったパンチではなかった。たいしたダメージはなかったに違いない。しかし、相手の医者は、人に殴られた経験などないのだろう。顔面がさっと蒼ざめ、殴られたところを手でおさえると、一歩後ずさりした。

土谷医師は、さらに相手につかみかかろうとした。

看護婦たちが、金切声《かなきりごえ》で何かわめいた。

私は、うしろから、土谷医師の両肩をつかんだ。

「よすんだ、先生。あんたらしくもない」

彼は、すさまじい形相で振り向いた。

しばらく私の顔を睨んでいた。私も彼の眼を見ていた。

先に眼をそらしたのは、彼のほうだった。土谷医師は、続いてベンソン神父に気づいた。

彼は体の力を抜いた。私は手を離した。

殴られた医者は、まだ心理的ショックから立ち直れないでいる。

人間には、殴られて頭に血が昇るのと、気が萎《な》えてしまうのとふたつのタイプがある。

この医者は後者だった。

外で、車が止まる音がした。続いて、車のドアを勢いよく閉める音——。

誰かが夜間受付の入口から入って来た。

殴られた医者は、情けない声を出した。

「あ、院長……」

清泉病院の院長は、まだ五十代の半ばだった。髪も黒々としており、恰幅《かっぷく》がいい。ぎとぎとした精力的なタイプの男だった。

医者というより、政治家向きだと思った。

「何の騒ぎだね」

彼は、ベンソン神父の詰め襟《えり》を見て言った。

「誰か死んだのか」

ベンソンは、にっこりと笑って見せた。アイルランド人にしかできない、いかつい顔の親しげな笑顔というやつだった。

「ご心配なく。私はよく出番を間違えるのです」

「もう少しで、その神父の出番となるところだった」

土谷医師が院長に言った。「そこにいる能なしの医者が、五歳の子どもを殺すところだったんだ」

院長は、まだ頬に手をやっている太った医者を見た。

「彼は何を言ってるんだ?」

「言いがかりです。単なるいやがらせなんですよ。私は病院の規則に従いました。彼は、私を威《おど》したうえに、暴力を振るいました。ここを殴ったのです」

「本当かね」

院長は土谷医師に尋ねた。

「私は彼に反省をうながしただけだ。彼は急性虫垂炎の子どもがかつぎ込まれたのに、ろくに診察もせず、しかも誤った指示を親に与えて追い返した」

清泉病院の院長はじっと土谷医師を見すえていた。

「君は、誤診をしたことがないのかね」

「ないとは言わない。しかし、問診もろくにせず、触診もせずに診断を下したことはない」

「この病院には、多いときには十分おきに急病人が運ばれて来る。その状態とベッドの空き具合で、患者を受け取るかどうかを決めるのだが、その判断は当直医にまかされている。すべてを引き取っていると、とても手が回らなくなり、それだけ患者に対する治療がおろそかなものになりかねないからだ」

「詭弁《きべん》を聞く耳は持たない」

土谷医師の怒りが、再び燃え上がり始めたようだった。「そこの医者は、ろくに診《み》もせずに、腹をあたためて、寝かせておけと指示したんだ。虫垂炎の患者に、だぞ。これは殺人に等しい」

院長の眼が細くなった。

彼は、看護師たちに命じた。

「患者さんたちを、お部屋へお連れしろ」

彼女たちは、すぐに従った。誰かの指示を待ち続けていたのだ。

野次馬たちが去ると、院長は厳しい表情で土谷医師を見つめた。

「君はどこの医者で、何という名かね」

土谷医師は、名乗った。

「よろしい。君は、わが病院の名誉を著しく傷つけ、そのうえ、所属医のひとりに暴力を振るった。この事実は無視し難い。追って然《しか》るべき措置を取らせていただくから、そのつもりでいたまえ」

院長は、くるりと背を向け、その場を去ろうとした。

「豚め」

土谷医師がつぶやくように言った。「病院の経営権だけでなく、医者の魂までヤクザに売り飛ばしたのか」

その一言は、すさまじい効果をもたらした。

清泉病院の院長は、ゆっくりと向き直ると、怒りと憎しみでぎらぎらする眼を、まっすぐ土谷医師のほうへ向けた。

両方の拳は力いっぱい握られており、腕がわずかに震えている。

こめかみに血管が浮き出始めていた。

「今、言った一言を後悔させてやるぞ」

食いしばった歯の間から言葉を押し出すように、院長は言った。

彼は再び背を向け、去って行った。

「行こう」

私は言った。「先生だって、いつまでも病院を空けているわけにはいかないでしょう」

土谷医師は、急に肩の力を抜いた。虚脱したような表情だった。

私には、その気持ちがわかるような気がした。喧嘩のあと、勝っても負けても感じる独特の気分——自己嫌悪だった。

2

翌日、土谷医師がシノさんの店へ現れた。

私の右隣りにいたベンソンが彼に席を譲って、ひとつむこうのスツールに移った。

私の左隣りには、三木菫子がいて、ヘネシーの入ったグラスをもてあそんでいる。

「何にします」

シノさんが、土谷医師に尋ねた。

「トニック・ウォーターにレモンをしぼってくれ」

「もっと強いものを一杯やったらどうです」

私は彼に言った。「夜勤明けなんでしょう」

「こうしている間にも、急患が飛び込んで来て、呼び出されるかもしれない。酔ってメスを持つわけにはいかんだろう」

私はうなずき、ベンソンはそっとかぶりを振った。

時間帯が早いため、店の客は私たちだけだった。

「ゆうべは済まなかった」

土谷医師が私に言った。

「いえ……」

「でも、驚きました」ベンソン神父が言った。「きのうの先生は、いつもと別の人みたいでした」

土谷医師は、トニック・ウォーターを一口すすった。カウンターの上を見つめている。

何か話したくてここへやって来たのは確かだった。

私たちは、彼が話し出すまで、何も言わずに待っていた。

やがて、彼は言った。

「昨夜は、思わず我を失ってしまった。恥ずかしい限りだ」

「誰だって、そういうときはあります」

ベンソン神父は肩をすぼめた。「そして、それなりの理由を、誰もが持っているはずです」

「許せなかったんだ」

土谷医師が言った。「ずっとそのことを考えてきた。そして、あの五歳の子どもの一件で爆発しちまった。虫垂炎ていうのは苦しいもんだ。しかも、あの子の場合、癒着しちまって腹膜炎を起こしかけていた。おとなだってうなる痛さだ。それを、あの子は必死にがまんしてたんだ。医者に行けば楽にしてくれる。誰もがそう信じているはずだ。だが、実際はそうじゃなかった」

彼は一度、言葉を区切って、グラスを口に運んだ。

「この大都会には、病院があまってる」

彼は言葉を続けた。「医者もあまってる。しかし、今や、往診に応じる医者は少ない。時間外の診察に応じる開業医も少ない。みんな、誰か他の医者が面倒を見ると思っている。そして、患者は、あちらこちらを駆けずり回らねばならない。救急車は、たらい回しにされる。救急車で運び込まれた患者がもし、命にかかわるような症状でなかったら、医者はその患者をなじるのだ。こんなささいなことで救急車を呼んではいけない、と。患者にしてみれば、パニック状態で、それ以外に方法が考えつかないのだ」

話し出したら、止まらなくなっていた。私たちは、じっと耳を傾けているしかなかった。

「医者に文句を言われるだけならいい。そのために、手遅れで死んでしまう人間が何人もいるんだ。これだけ医者があまっているというのに、これじゃ無医村と同じじゃないか。そうかと思えば、金をふんだんに使うやつや、著名人などは、たいした病気でもないのに、豪華な個室を独占して、ホテル代わりに使ったりしている。保険を使う一般庶民は、まだ完治していないのに、ベッド不足だと言って、病院を追い出されてしまう」

「そういうことをわかっている医者がいるだけでも、まだ世の中捨てたもんじゃない」

ベンソンが言った。「そうでしょう、シショウ」

私はうなずいた。

「神父さんの言うとおりですよ、先生」

土谷医師は、ずっと同じ姿勢でいた。

カウンターに両肘をつき、グラスのあたりを思いつめたように見つめている。

「親身になって診察してくれるお医者さんだって、たくさんいると思うわ」

菫子が言った。「私たちとしては、そういうお医者さんを探してかかるようにするしかないわね」

土谷医師はその言葉にはこたえず、しばらく黙っていた。

私には、単にモラルの問題だとは思えなかった。

土谷医師の言葉には、正義感や倫理上の姿勢を超えた熱いものがあった。

だが、そういった問題をこちらから尋ねるわけにはいかない。むこうが話そうとするとき以外は、決して聞いてはいけない類《たぐい》の話なのだ。

ベンソンもシノさんもそのことに気づいているはずだった。そして、おそらくは菫子も……。

土谷医師は、いずれそれを話し始めるだろうと私は思った。彼は、おそらく、そのために、滅多に来ることのないこの店へやって来たのだ。

シノさんが、私のショットグラスに、ブッシュミルズを注いだ。

私はそれを一口味わった。

そのとき土谷医師がぽつりと言った。

「俺は、山んなかの寒村で生まれた」

しばらく間があった。「鉄道も通っていない小さな村だ。そこは無医村だった。医者さえいれば……。ちゃんとした医者と病院さえそろっていれば、今でも生きていたのに、という人を、俺は何人も知っている」

初めて聞いた話だった。

私は、ベンソン神父の顔を見た。神父は、苦痛にじっと耐えるような顔をしていた。

土谷医師は言った。

「俺の母親もそうだった。死んだのは、俺が十歳のときだ。そのときから、俺は医者になろうと思い続けてきた」

しばらく、誰も何も言わなかった。

入口のドアが開いて、シノさんが「いらっしゃいませ」と言った。

私は、そのあと、シノさんの眼が油断なく光るのを見た。

私はそっとうしろをうかがった。

太い縦縞《たてじま》の背広に黒いズボンをはいた太った男と、ピンストライプのだぼだぼしたダブルのスーツを着た背の高い男が、ドアのところに立っていた。

太った男はパンチパーマをかけ、背の高い男は、髪をディップローションでオールバックに固めている。

素性のよくない連中であることは、一目でわかった。

「土谷先生、いらっしゃいますか」

太ったほうの男が、しわがれた声で、慇懃《いんぎん》に尋ねた。「ご近所のかたに、こちらにおいでだと、うかがって来たのですが」

私は、土谷医師にそっとささやいた。

「どうやら、ゆうべの最後の一言が余計だったようですね」

「あの一言がなくても、こういう連中が来るのはわかっていた」

土谷医師は立ち上がって振り向いた。「私が土谷だ」

太った男が土谷医師を値踏みするような眼で見ながら言った。

「清泉病院の理事長が、ぜひお会いしたいと申しております。ご足労願えませんか」

男の眼は底光りしていた。

「わかった」

土谷医師が言う。

シノさんが私を見ているのに気づいた。

私はうなずいて立ち上がった。

土谷医師が私に言った。

「ひとりで行く。話を聞いてくるだけだ。あんたが来るにはおよばない」

私はしばらく彼を見つめていた。土谷医師はプライドを重んじる人間だ。

私は、もとの席に戻った。

彼らは出て行った。

「土谷先生ひとりでだいじょうぶ？　なんだかヤクザみたいな人たちだったけど」

菫子が私に言った。

「彼がひとりで行くと言ったんだ」

「冷たいのね」

「そうではありません」

ベンソン神父が菫子に言った。「シショウは、土谷先生の意志を尊重しているのです」

「そんなもんかしらね」

「そう」

ベンソンはにっこりと笑った。「男はいつも覚悟をして一言ひとことをしゃべらねばなりません。だから、その言葉を大切にしてやらなければならないのですよ」

「また、そうやって神父さんたちは男同士で結託するのね。女だって、いいかげんなことをしゃべってるわけじゃないのよ。女性蔑視だわ」

「女性の言葉は別の意味で尊重します。それは、男の人生を変えるほどの力を持っていますからね」

ベンソンはウインクした。

「若……」

シノさんが言った。「今のやつらに見覚えがあるんですがね……」

「中上《なかがみ》一家のやつらだろう」

「はい……」

「中上一家は、板倉《いたくら》連合傘下の三咲《みさき》組系列だったな」

「そうです」

清泉病院の経営権は、三咲組が握っているという噂《うわさ》は誰でも知っている。土谷医師もそのことはよく知っていたはずだ。相手が清泉病院でなければ、土谷医師も、あんな強硬な態度には出なかったに違いない。

「病院の経営を暴力団がやっている……」

私はシノさんに尋ねた。「いったい、どういうからくりになってるんだ」

ベンソンと菫子もシノさんに注目した。

「清泉病院というのは、もともと清泉会という医療法人が経営していたんですがね、ある時期、分院を出したり、大規模な設備投資なんかをやりましてね、経営が悪化しちまったんですよ」

シノさんは洗いものを終え、グラスを丁寧に布巾《ふきん》で磨きながら、話を続けた。

「ちょっとその手の広げかたが杜撰《ずさん》でしてね。銀行も相手にしなかったということです。そこへある金融会社が融資の話を持ちかけましてね。渡りに舟ですよ。しかし、時代ってのは変わるもんですね。昔は病院が倒産するなんてことは考えられなかったんですがね。高利貸しから金を借りたもんで、利子はかさむ、経営はますます悪化するで、清泉会はにっちもさっちもいかなくなった。そこで、その金融会社が、病院ごとそっくり買い取ろうという不動産屋を紹介したわけです。清泉会は、しかたなく、売り渡したわけです。……で、その不動産屋は、新しい理事長と院長を連れて来て、病院の首をすげ替えた……。名前だけは残しましたがね」

「その金融会社と不動産屋のうしろにいたのが三咲組だったというわけか」

「そうです。三咲組は、ほかの町でも、二、三、同じようなことをやってましてね。その院長をうまいこと入れ替えて言いなりの経営をやらせているらしいんですよ」

「そんな病院にかかろうとする患者さんなんているのかしら……」

菫子が言った。

シノさんがこたえた。

「ここいらの住民はみんなその話を知ってますから、誰も行きゃしません。清泉病院の患者は、大通りのむこうのマンションや新興住宅地の住民なんです。ああいうところに住む連中は、こうした話を知りませんからね」

「まったく、暴力団っていうのは、資金源になりそうなものなら、何だって手を出すのね」

「そのとおりですよ。やつらは腐ったにおいを見逃しません。ウジ虫みたいなやつらですよ」

「土谷先生、どうなってるかしら」

シノさんは私を見た。

私は言った。

「まず金を要求してくるだろうな。シノさんの言ったとおり、ヤクザは転んでもただでは起きない。金になりそうな話を放っておくわけはない」

入口のドアが開いて、客が入って来る気配がした。

いつも無表情なシノさんが、目をむいた。

私は驚いて振り返った。

黒い服に金バッジをつけた男がふたり立っている。そのうしろから、和服姿のやせた老人が現れた。

地元のヤクザ、飛島《とびしま》一家の組長と、幹部連中だった。

「座っていいかい」

飛島一家の組長、飛島英治《えいじ》が嗄《か》れた声でシノさんに言った。

「どうぞ……」

ふたりの幹部はドアの近くに立ったままだった。

「何にします……？」

さすがのシノさんも緊張を隠せないようだ。

「ビールをもらおうか」

飛島組長は、菫子のひとつむこうのスツールに腰を降ろした。

「若……」

彼は私に言った。「話は聞きましたよ。三咲組と揉《も》めてるそうじゃありませんか」

「俺が揉めてるわけじゃない」

「水臭いじゃありませんか。こういったごたごたで、若に怪我でもされたら、あたしゃ、あの世で先代に顔向けができない」

「おたくの先代と親しかったのは、俺のじいさんだ。俺は関係ない」

「若。何なら、私の名前、使っていただいてもかまいません」

私は首を振った。

「ヤクザに借りを作ったらおしまいだ。あんたに頼みたいことはひとつだけだ。俺たちのまえへ現れないでほしい」

シノさんは、戸口の幹部たちを見つめていた。相手が幹部なら、シノさんが貫目《かんめ》負けすることはない。

幹部たちが動く様子はなかった。

飛島組長は、年老いた顔に淋しげな表情を浮かべて、うなずいた。

「確かに、若のおっしゃるとおりだ。噂を聞いて飛んで来たが、とんだ出しゃばりだったようだ。あたしゃ、生来、あわて者《モン》でしてね」

「心配してくれたことには礼を言う。だが、ヤクザを収めるのにヤクザの名を使ったりしたら、どうどう巡りが始まるだけだ」

飛島組長は、再びうなずいて立ち上がった。

彼は戸口へ向かった。幹部のひとりが、一万円札を出した。

「いらない。俺のおごりにする」

私は言った。相手は飛島組の代貸だった。

「いくら富士見が丘の若だって、あまり、あたしらをなめると、黙っちゃいられません」

代貸は言った。私は彼の眼を見た。表面は無表情で、眼の底のほうがちかちかと光っている。とんでもなく危険な眼の光だ。

私は再度言った。

「俺はおごりたいんだ。俺の気持ちだ。組長にそう言っておけ」

代貸が引いた。

「いいだろう」

彼は店を出て行った。

シノさんが、溜め息を洩らした。

「いい度胸してるのね」

菫子が驚きの表情で言った。「ヤクザ相手に、あれだけ渡り合うなんて……」

冗談じゃない。私だって冷や汗が腋《わき》の下を濡らしているのだ。

ヤクザと面と向かって平気な人間などいない。彼らとは生きている世界が違うのだ。

「茶人だからな……」

私は言った。「亭主になったら、客は選べない。どんな人間がやって来ても、そつなくもてなさなくてはならない。人間を扱うのには慣れてるんだ」


十時を過ぎると、菫子が帰って行った。

商店街の人々も、三々五々、帰宅した。

シノさんの店の客は、私とベンソンだけになった。

そこへ、土谷医師が戻って来た。

怪我をしている様子はない。

「ウイスキーを、ストレートで。ダブルだ」

シノさんは、黙って言われるとおりのものを出した。

土谷医師は、私の隣りに座り、ウイスキーを一気に干した。

二度、三度、咳《せき》込んだ。

「どういう話でしたか」

ベンソン神父が尋ねた。

土谷医師は私たちのほうは見ずに、正面を向いていた。

「慰謝料、一千万円。それに、新聞に、自分の非を認めるという謝罪広告を出せと言ってきた。でないと、俺を名誉毀損《きそん》と暴行傷害で告訴したうえ、厚生省の医道審議会に働きかけて、医師の免許を取り上げると言いやがった」

「それで、どうするつもりです？」

ベンソン神父が尋ねる。

「広告を出すさ」

ベンソンとシノさんが私の顔を見た。

私は土谷医師の横顔を見ていた。何かを決意した顔だった。


二日後、ある新聞の社会面に、一段だけの小さな広告が載った。土谷医師の名前で載った広告だ。しかし、それは、謝罪広告ではなかった。

虫垂炎の少年が運ばれて来た夜から、土谷医師と清泉病院との間に起こったことが簡潔だが正確に述べられていた。これは、土谷医師が世間の良識に訴えた、意見広告だった。

私が縁側でその新聞を読んでいると、ベンソン神父が、庭へやって来て言った。

「シショウ。土谷先生は、なかなかやりますね」

彼も同じ新聞を持っている。

「そうだな」

私は言った。「だが、本番はこれからだよ、神父さん」

3

小さな記事だったが、反響は大きかった。

住民の間では、あっという間にその話題が広がっていった。

土谷医師のもとには、都内版の新聞記者が取材に来たりしていた。

清泉病院のほうには、テレビのレポーターも行っているということだった。

三咲組は、鳴りをひそめていた。今、表に出てはまずいということぐらいはわかるらしい。

しかし、無気味な沈黙ではあった。

シノさんが教えてくれたところによると、富士見が丘警察署の捜査四係が、ひそかに動き始めたそうだ。捜査四係は、いわゆるマル暴だ。

三咲組は、そのマル暴の動きを気にしているのかもしれない。

それにしても、三咲組の沈黙が気になった。

私は、自宅で、夕方の稽古の準備をしていた。

風炉《ふろ》を並べ、炭を熾《おこ》す。

炉を閉じ、風炉を使うのは四月ごろからとされている。年によって、寒ければ、五月まで持ち越すこともある。

だが一般に、茶人は、時節に遅れることを「ぬるし」といって嫌い、早目早目に季節感を表すのがよしとされる。

私はすでに、炉を閉じていた。

準師範格の近所の奥さんが、準備を手伝ってくれていた。

玄関で大声が聞こえた。

聞き慣れた声だ。ベンソン神父が私を呼んでいるのだ。

「すいません。ここをお願いします」

私は、準師範格の奥さんに言って立ち上がった。玄関へ行きかけて、ふと私はある予感を抱き、振り返った。「もし、稽古の時間までに、私が戻らなかったら、申し訳ありませんが、あなたが指導をして稽古を始めていてください」

「わかりました……」

彼女は、わずかに不安げな顔をした。

ベンソンは厳しい表情をしていた。

何が起こったのか、だいたい想像はついた。

「土谷先生のことだな……」

私は尋ねた。

ベンソン神父はうなずいた。

「いつまでたっても、出勤して来ないそうです。アパートにもいません。病院の人が、どこにいるか知らないかと訊きに教会へやって来ました」

私はいつもはいているローファーではなく、ウイングチップをはいて、しっかりとひもを締めた。

ひもつきの靴を選んだのには、理由がある。ひもなしのローファーだと、蹴りを出したときに、その勢いで脱げてしまうおそれがあるのだ。

それに、ウイングチップは、造りが頑丈で適度に重いため、蹴りの破壊力が増加されるのだ。

私たちは、戦いの決意をしたのだ。

土谷医師は、彼のやりかたで充分に戦った。今からは、私とベンソンのやりかたで戦うのだ。

私とベンソンは商店街を抜け、大通りに向かった。

途中、八百屋のオヤジや、中華料理屋の店主、クリーニング屋の主人などが、笑顔で挨《あい》拶《さつ》をしてくる。

ベンソンは、それに、にこやかにこたえている。

「いつ、いかなるときでも、余裕を忘れてはいけません」

ベンソンは私に言った。「平常心と言うのでしょう、シショウ」

私は何も言わなかった。

大通りへ出て、タクシーを拾い、三咲組の事務所の五十メートル手前で降りた。

組事務所は、町のはずれにあり、細い一方通行路に面している。

三階建てのビルで、一階には一間《けん》の出入口があり、その脇に、板倉連合の紋が入った看板と、三咲組と書かれた看板がかかっている。

道路には、黒いベンツが二台駐車してあった。

そのベンツを、黒いだぼだぼのジャージを着た二十歳前後の行儀見習いたちがせっせと磨いていた。

そろいのジャージを着た若者は四人いた。

私は、彼らを無視して、玄関の扉を両側に開いた。

衝立《ついたて》があり、そのむこうのソファにたむろしていた連中が、あわてて立ち上がった。

どれも凶悪な顔をしている。そろいの黒いジャージを着た連中の、暗いおどおどした表情と対照的だ。

「何だ、おめえは」

お決まりの、品のない罵声が聞こえた。パンチパーマをかけた、三十前後の見るからに気の荒そうなチンピラが、凄んでいた。が、ベンソンの姿に気づいて、気をそがれたように、声のトーンを落とした。

「ん……。何だ？　誰かの葬式でもあるのか……？」

立ち上がった、まわりの連中も格が低い連中だった。彼らは、どうしたものか、と顔を見合わせている。

「葬式を出すことになるかもしれない」

私が言った。「場合によっては、三咲組の誰かの……」

瞬時にして、殺気がみなぎるのがわかった。さっと空気の色が変わるような気がした。

「おい」

パンチパーマのチンピラは、行儀見習いの四人に、顎をしゃくった。「叩き出せ」

暗い眼をした四人の若者は、出入口に立った私たちを、外側から扇型に囲んだ。

一番体格のいい若者が、私の肩にうしろから手をかけようとした。

私は、その手首を上から握り外側へひねった。親指と中指がぴたりとツボにはまり、支点となっているので、相手は逆らえない。

一番右端にいた男が、殴りかかってきたので、私は握っている手首を逆に反《そ》らしながら、もう片方の手で、肘をすくった。

体格のいい若者は、ふわりと宙に舞った。その体が、殴りかかって来た若者に向かって投げ出される。ふたりは、地面に転がった。

「神父さん」

私は言った。「先に手を出したのは、俺じゃないな」

「それは確かだ。だが、シショウ、私の証言は、法的には、何の役にも立たない」

「法律？　そんなもののために訊いたんじゃない。俺の良心のために必要なのさ」

残るふたりの黒ジャージが、私に向かって来た。

その襟首をベンソンがつかんだ。

ふたりは、それだけで動けなくなった。

「神を崇《あが》める気はありますか」

「くそくらえ！」

「かわいそうに、あなたたちは地獄行きだ」

ベンソンは、ふたりを鉢合《はちあ》わせにした。

ケルト人は、やることが荒っぽい。一瞬ふらふらになったふたりの顎に、ベンソンは、きれいなアッパーカットを続けざまに見舞った。ふたりは、磨いたばかりのベンツにぶつかっていき、そのまま地面に尻をついた。

私が投げ出した若者と、それにぶつかって転んだ若者が、起き上がって、パンチを繰り出して来た。

切れのいいパンチだ。ボクシング・ジムにでも通っているのだろう。

体格のいいほうが、ワン・ツーを打ち込んで来た。私は、ジャブをやりすごし、ストレートのほうにタイミングを合わせた。

左手でストレートを受け流しながら、低く入り、体重の移動を最大限に利用して、右の肘を脇陰《わきかげ》の急所——肋骨の結接部に叩き込んだ。陳家太極拳にある七寸靠《しちすんこう》という技の応用だ。

その一撃で相手は吹っ飛び、戦意を喪失した。肋《あばら》にひびくらいは入ったかもしれない。

もうひとりがすかさず、フックから入って来た。

私は、姿勢を低くし、くるりと背を向け、後方に足を振り上げた。カウンターで、私の踵《かかと》が相手の顎に決まっていた。

急所へカウンターで蹴りが決まれば、どんな頑丈な人間も立ってはいられない。

四人を片づけるのに、三十秒もかからなかった。

一階でとぐろを巻いていた、チンピラたちが色をなして私たちに向かって来た。

ひとりが、フックを見舞って来た。

私は、それを体を開いてかわし、相手の肘のあたりをおさえる形でさばいた。素人相手ならそれで充分だ。しかし、私は、そのまま、膝を相手の水月《すいげつ》——鳩尾《みぞおち》の急所に叩き込んだ。

さらに、その頭を両手でつかみ、左右の膝で顔面を蹴り上げた。場合によっては、相手を殺しかねない危険な行為だった。

しかし、相手が相手だけに、ここまでやらなければならない。

ベンソンは、パンチを顔に受けてもひるまず、相手の腎臓にフックを叩き込んでいた。重たいパンチだった。

私は、その男の襟をうしろからつかんだ。真下に引き降ろすと、あっけなく、あおむけにひっくり返る。

喧嘩のとき、うしろを取れば、何でもできる。

その男の頭が床にぶつかる直前、サッカーボールを蹴るように、私はその頭を蹴った。これも、相手がヤクザでなければ決してやらない行為だ。

残るはふたりだった。

ひとりは、あわてて階段を昇って行った。

ひとりは、匕首《あいくち》を抜いた。

得物《えもの》を見て、私の頭のなかはかっと熱くなった。刃物を向けられて冷静でいられる人間はいない。

私は、相手が動くまえに攻撃した。匕首を構えて飛び込んで来られたら、逃げようがない。急所は避けられたとしても、必ずどこかを傷つけられる。先手必勝しかない。

回し蹴りで一番威力があるのは、ローキックだ。

私は、両手で相手の動きを牽制《けんせい》しつつ、膝上十センチの外側にある急所に、思いきり、ローキックを叩きつけた。

相手はがっくりと膝をついた。

私は、小さくシャープな前蹴りで、匕首を持つ手の手首を蹴った。

相手の手首は折れ、匕首は落ちた。

相手は、片膝をついているため、顔面が中段の高さにある。私は、一度足を引き、体勢を整えてから、充分に腰を切り、たっぷりと体重を乗せた回し蹴りをそこに見舞った。

ふわっと一度膝を浮かし、そのまま相手は後方に倒れて動かなくなった。

ベンソンは、一足先に階段に向かっていた。

私はそのあとを追った。

二階の部屋は、無人だった。

ベンソンが三階へ行き、ドアに手をかけた瞬間、銃声がした。

ドアにはめ込んである曇りガラスが破れた。

ベンソンは、体をひねって、右肩を左手でおさえた。その指の間から、血がにじみ始める。

私は、ベンソンの体をぐい、と引っ張った。

ドアが勢いよく開いて、スーツを着た男たちが三人飛び出して来た。

ひとりが銃を持っていた。

「動くと撃つ」

銃を持った男が言った。スミス・アンド・ウエッスン三八口径リボルバーのレプリカのようだった。フィリピン製だろう。

ベンソンと私に、スーツを着た男がひとりずつ近づいて来た。

私は、鼻を殴られた。

目のまえでフラッシュをたかれたように感じた。次の瞬間、無数の星が視界に舞った。すうっと下半身から力が抜け、腰が浮くように感じる。キナ臭いにおいが、鼻の奥でした。次に、あたたかいものが鼻孔を伝ってあふれた。鼻血が垂れた。

続いて、私は、鳩尾をアッパーぎみに殴られた。息がとまった。私は、口を大きくあけてあえいだ。よだれが垂れたが、かまってはいられなかった。

ベンソンも同様の目に遭っている。

「連れて来い」

部屋のなかから声が聞こえた。

私たちは、小突かれ、歩かされた。

部屋の一番奥に、机が置かれていた。窓を避けて、角にあった。そのうしろに、絶対に知り合いになりたくないタイプの男が座っていた。

残忍さを成金趣味で包み隠しているような初老の男だ。三咲組組長だった。

その脇には、清泉病院の院長が立っていた。

黒服に金バッジがふたり、あとは、廊下に出て来た三人と一階にいたチンピラがひとりだった。

私は、ソファに座っている人物を見て、血が逆流する思いがした。

土谷医師がぐったりとした姿勢でこちらを見ていた。

唇が切れ、鼻血を流していた。右まぶたが腫《は》れ、その下に黒いあざができ始めていた。手ひどく痛めつけられたのだ。

「私は、清泉病院の理事長として言いますがね」

三咲組の組長が言った。「今回のようなことは困るんだ。威力業務妨害だよ。刑法二三四条だ。私は、こういう場合、黙ってはいない」

私は言った。

「俺も、友人がこんな目に遭わされた場合、黙ってはいないことにしている」

土谷医師は、あきれたと言わんばかりにかぶりを振った。

「ふん」

組長は、鼻で笑った。「どうするね」

私は、銃を持っている男に、あと一メートル近づきたかった。

そうすればチャンスが生まれる。

私とベンソンは、両手をおさえつけられていたが、足は自由だった。

「どうにでもなるさ」

私は言った。「どうせ、あの銃で撃ったって当たりはしないだろう。弾がどこへ飛ぶかわかりはしない」

銃を持つ男は、挑発に乗らなかった。慎重に狙いをこちらに向けている。

私は、土谷医師を見た。彼は、私の視線に気がついた。土谷医師は、うんざりした表情で小さく溜め息をついた。

次の瞬間、彼の両手がさっと伸びた。

土谷医師が、銃を持った男を私のほうへ突き飛ばしたのだ。

間が詰まった。蹴りのとどく間合いだ。

私は、迷わず、銃を蹴り上げた。銃が宙に舞った。

私は、頭をうしろに反らして、私をつかまえている男の顔に叩きつけた。

次に、その髪をつかんで前方に引き回し、膝蹴りを顔面に見舞う。

組長が立ち上がって机の引き出しを開けるのが見えた。彼は、拳銃を取り出した。

しまった！

私がそう思ったとき、戸口で声がした。

「そこまでだ」

全員がストップモーションになった。それほど威圧的な声だった。

戸口では、ふたりの男が銃を構えて立っていた。彼が持っているのは、本物のスミス・

アンド・ウエッスンだった。

　富士見が丘署捜査四係の部長刑事とその相棒だった。

　私は、全身から力が抜けるのを感じた。

　次の瞬間、制服警官が突入して来た。


　部長刑事は、私とベンソン、そして土谷医師の調書を取った。そのとき、彼は、私にはっきりとこう言った。

「無茶なことをやってると、俺たちが味方でいるとは限らん。警察は砂糖じゃないぜ。なめるなよ」

　ともあれ、彼らは、土谷医師の新聞広告以来、三咲組に手入れをするきっかけを待っていたのだ。

　今回のいざこざを機に、富士見が丘署捜査四係、警視庁捜査四課、そして、おそらくは国税庁が徹底的に、三咲組と清泉病院を洗い上げるだろう。

　一方、清泉病院ボイコットの住民運動も始まったということだった。


　土谷医師は、珍しく、他人の治療を受け、絆創膏《ばんそうこう》や包帯だらけだった。

　私とベンソンは、目立った傷がないので、土谷医師だけが大立ち回りをしたように見える。

　私たちは、シノさんの店のカウンターに並んで腰かけていた。

私とベンソンはいつものとおり、オールドブッシュミルズを飲んでいた。

「酒は傷に悪いぞ」

土谷医師が苦い声で言った。

「でも、傷ついた心を治療してくれます」

ベンソンが言った。

「先生も、一杯どうです？」

シノさんがブッシュミルズのボトルに手をかけた。

「いや、トニック・ウォーターでけっこう。こんなやつらの仲間にされてたまるか」

私とベンソンは、無言で顔を見合わせた。

「でも、今回のヒーローは、何と言ったって、土谷先生ですからね」

シノさんにそう言われ、しばらく間を置いて、土谷医師が言葉を返した。

「何がヒーローなもんか。俺は対症療法をしただけじゃないか。病根を除去できたわけじゃない」

溜め息をついた。「だが、こいつらは、飲む権利がある。今夜は、俺がおごるから、どんどん、注いでやってくれ」

「酒は傷に悪いのじゃないですか」

ベンソンが尋ねた。

「そうさ」

初めて、土谷医師が笑った。「飲んで、せいぜい苦しむがいいさ」

私は、勢いよくグラスを干して、シノさんに差し出した。

第六話　ビールの泡

1

シノさんの店は、カウンター中心の細長いバーで、いつものように、私が一杯やっていると、三木《みき》菫子《すみれこ》が入口から入ってきた。

「いらっしゃい」

バーテンダーのシノさんがほほえみかけた。

「いやだわ……」

彼女は、カウンターにやってきて、私の隣りに腰を降ろすとつぶやいた。

シノさんが私の顔を見てから、菫子に尋ねた。

「何かありましたか……?」

「痴漢騒ぎよ」

「痴漢って……。まさか、菫子さんが被害にあわれたんじゃあ……」

「やだ、違うわよ。裏通りの公園で、若いOLの人が襲われかけたんですって」

「襲われたのが、あなたじゃなくて安心しましたよ、ねえ、若」

シノさんは、私に言った。彼は、菫子のまえに細いチューリップグラスを置き、ヘネシーを注いだ。

「ねえ、私がもし痴漢に襲われたら、どうする?」

よく光る瞳を私に向けて、菫子は言った。いたずらっぽく笑っている。歯がまぶしいくらいに白い。

実際、彼女の顔は、光に満ちているように感じられた。次々と変化する表情――それにつれて、眼が輝き、頬がつややかに光り、歯の白さが強調される。

「そうだな」

私は言った。「痴漢に同情するな」

「どういう意味?」

彼女が顔を近づけ、睨んで見せた。

「言ったとおりの意味だ」

「ま、失礼ね。私が襲われるわけないと思ってるんでしょう?」

「違いますよ」

シノさんが笑いながら言った。

「何が違うの?」

「菫子さんを誰かが襲ったとします。すると、若は、その男を許さないでしょう。こてんぱんにやっつけてしまうはずです。それが同情に値すると言ってるんですよ」

「この人が?」

菫子は笑った。「だめよ、この人は。この人のおじいさんは、すごく強かったのよ。剣術と拳法を道場で教えていてね、このあたりのヤクザも一目置いていたんですって。でも、この人が、今、何をやっているか知ってるでしょう？　茶道の師匠よ」

ドアが開き、シノさんがいらっしゃいと言う。

「珍しい組み合わせですね」

シノさんが、ほんのわずか眉を寄せて言った。私はそれに気づいて振り向いた。

「や、シショウにスミレコ。今夜もいい夜になりそうですね」

怪しげな日本語をあやつり、大声で店に入って来たのは、ヨゼフ・ベンソン神父だ。

シノさんの顔を曇らせたのは、もうひとりの若い男のほうだった。中西正次《なかにししょうじ》という男で、かつて、裏ビデオの強引なモデル探しなどを専門にしていたチンピラだった。

「今、そこでばったり会いました」

ベンソン神父が言った。「シノさんに会いに来たそうです」

「何の用だ」

シノさんは中西のほうを見ずに言った。

中西正次は立ったままだった。

「俺、仕事を見つけたんだ」

彼は、照れたように言った。「そりゃ、たいした仕事じゃないけど、まえやってたようなことじゃない。まともな仕事なんだ」

「まともな仕事だって？」

シノさんは、まだ中西のほうを見ようとしない。

「キャ……キャバクラのボーイなんだ。そりゃ、堅い仕事とはいえないけど、組がらみじゃない、きちっとした店なんだよ。ボーイの仕事ったって楽じゃない。ちゃんと社員になったんだよ。それを、兄貴に知らせたくて……」

シノさんは、初めて中西の顔を見た。

「兄貴なんて呼びかたはやめてくれ」

「す……すまなかった……。俺、ほかの呼びかた知らなかったし……。じゃあ、用はそれだけだから」

中西は踵《きびす》を返した。

シノさんは、溜め息をついた。

「待てよ」

中西は行きかけて立ち止まった。背中でシノさんの声を聞いていた。

「一杯やっていけ」

中西はゆっくりと振り返りシノさんの顔を見た。シノさんは、カウンターをダスターで拭いた。

「ここに座るんだ。これから俺のことは兄貴じゃなくて、皆と同じようにシノと呼ぶんだ。注文はマティーニか」

中西は言われたとおり、席に着いた。

「いや。ビールをもらうよ、シノさん」

「ほうらね」

ベンソン神父が菫子にウインクをした。「やっぱり素敵な夜になったでしょう。私は、主の恵みをもたらすのです」

「乾杯しましょ」

菫子がほほえんで言った。私に言わせれば、主の祝福も彼女のほほえみには勝てない。

私たちは、それぞれの飲み物を高々とかかげた。その瞬間に、中西はこの店の客として迎えられた。

「本来なら、そちらの茶のお師匠さんのまえにも姿をさらせた義理じゃないんですが」

中西の手引きで、私の門弟のひとりがヤクザにさらわれ、レイプもののビデオを撮られそうになった。

中西は一度告訴されたが、私の門弟は、その告訴を取りさげた。人の一生がかかっている問題だから、と彼女は言った。

私は何も言わなかった。代わりにベンソン神父が言った。

「招かれる人は多いが、選ばれる人は少ない――マテオによる福音の第二十二章、主のみ言葉です。あなたは、新しい人生のステージに、今招かれました。選ばれる人間になるかどうかは、これからの生きかたで決まります。このシショウは、過去のことをあれこれ言う人ではありません」

「すごいわ、神父さん」

菫子が言った。「ちゃんとした説教もできるのね」

ベンソンはうなずいた。「イエズス会士はたいへん謙虚なので、滅多に本当の能力を見せることはないのです」

「そう」

またふたり、客が入って来た。

片方は見覚えのある男だった。もう一人はスポーツ刈りというか角刈りというか、とにかく、髪を短く刈っており、いい体格をしている。日焼けしているが、スポーツ選手には見えない。

ふたりは、私たちの背の側にあるテーブル席に着いた。

テーブル席はふたつあり、彼らは奥のほうを選んだ。

シノさんが黙ってボトルを探し始めたところを見ると一見《いちげん》の客ではないらしい。ふたりは、アイスバケットと水差しをもらい、自分たちで水割りを作って飲み始めた。

見覚えのないほうはひどく酔っているような印象を受けた。

私はシノさんを見た。

シノさんは、心配するなというふうに、苦笑して小さくかぶりを振った。

中西が急に落ち着きをなくした。

ビールを飲み干すと、彼はスツールを降りた。

「じゃあ、兄……じゃなかった、シノさん、これからは、夜の仕事だから、なかなか飲みにも来られないと思うけど……」

「もう行くのか?」

「ああ……」
テーブル席の男たちのほうをちらりと見た。
そちらのほうから、声がした。
「ほう……。中西正次じゃないか？　確か、そんな名前だったよな」
私は、そっと肩越しに男たちを見た。ひとりは若かった。まだ、三十歳になっていない
だろう。
中西の名を呼んだのは、酔っているほうで、見覚えのないほうの男だった。その男のほ
うが年上だった。
「女をコマして、ビデオ撮って、ブタ箱行きかけたことがあったよなあ……。まだ、この
あたりをうろついてたのか？」
「いえ……」
中西は、明らかに迷惑そうな顔をした。「今夜は、久し振りに訪ねてきました。ちょっ
と用があって……」
「用があって……？」
酔った角刈りの男は立ち上がった。彼は、カウンターのところへやってきた。中西の顔
をのぞき込むようにして言った。「どんな用だか、訊《き》いてもいいかな」
ベンソンが、腰を浅くして、いつでも立てる姿勢になった。私は、彼の青い眼を見つめ
た。ベンソンは小さく肩をすぼめた。
中西は、その角刈りの男から眼をそらしてこたえた。

「話す必要、ないと思います」

角刈りの男が、カウンターを拳で叩いた。

大きな音がした。

「上等な口をきくんじゃねえ、チンピラが。いっぱしの市民ぶってんじゃねえよ」

シノさんが言った。

「お客さん。今夜、こいつは私に会いに来たんで……」

「ひっこんでな、バーテンさん。俺は公務中だ。こいつは、職務質問だ」

その一言で、私は、見覚えのある男が誰かを思い出した。富士見が丘派出所の巡査だ。制服を着ていないので、ぴんとこなかったのだ。

中西にからんでいる男も、その同僚の警官なのだろう。

その男が言った。

「最近、このあたりで、何が話題になっているか知ってるか?」

中西は、ふてくされたように、苦笑した。

「さあ……」

「痴漢騒ぎなんだよ。さっきも、裏通りの公園で一件あったばかりだ。そして、今、ここに、スケコマシ専門のチンピラがいる。さて、これはどういうことかな?」

ベンソンが立ち上がりかけた。私は、彼の腕に手を置いた。ベンソンの青い眼は怒りのために灰色がかって見えた。危険な色だ。

ベンソン神父は、私を鋭く見つめたあと、ゆっくりと、腰をもとの位置に戻した。

私は中西に言った。

「気にすることはない。酔っぱらいのたわ言だ。これからの仕事は、酔っぱらいにいちいち腹を立てていては勤まらない。そうだろう」

「わかってます……」

中西は、私に向かってうなずいた。

角刈りの男はゆっくりと私のほうを見た。

「この店はばかな客が多いな。おい、おまえ、公務執行妨害というのを知っているな?」

「あんたが、公務を執行しているとは認めない。あんたは、われわれに身分を明らかにしていないし、第一、公務を遂行できる状態にないことは明白だ」

「警官が何かやりゃあ、それは公務なんだよ。何なら、一晩泊まりがけでゆっくり説明してやろうか」

シノさんの眼が、ベンソンと同じく危険な光を帯びた。

「お客さん。この若に何かあったら、富士見が丘にゃいられませんよ」

「おい、バーテン。警察はアメ玉じゃねえんだ。なめるなよ。何のためのグリーンカードだと思ってるんだ。おまえの過去だって、みんな割れてるんだ。もとヤクザが凄んでんじゃねえよ」

テーブル席にいた、もうひとりの警官が立ち上がる気配がした。

私は思わずそっちを見た。

意外にもそちらの警官は、蒼ざめた顔をしていた。

シノさんが、そちらの警官に言った。

「内田さん。こちらのかたは、どうも酒癖があまりよろしくないようで……」

内田と呼ばれた警官は、あわてて言った。

「彼は、このあいだ転属でこの町に来たばかりで、その……、よく事情がわかってないんだ……」

「町の事情がどうのこうのいう問題じゃないでしょ」

董子が爆発した。「良識の問題よ。中西さんの晴れの再出発の日なのよ。冗談じゃないわ」

中西にからんでいた警官は、董子のほうを一度睨みつけてから、はっとした表情になった。

これは、珍しい反応ではない。董子と初対面のたいていの男が同じような行動を取る。董子の不思議な美しさに驚くのだ。

その警官は、そのまま視線をそらそうとしなかった。無遠慮な視線だった。

内田という巡査がその男に言った。

「黒部さん。今夜は引き上げましょう」

「なぜだ。なぜ俺がいちゃいけないんだ?」

「とにかく、今日のところは、黒部さんも酔ってますし」

「おい、内田。この町では確かにおまえが先輩だが、階級を考えろよ。おまえは平の巡査で、俺は巡査長なんだ。おまえは俺に命令できる立場じゃないんだぞ」

「わかってます。命令なんてしてません」

黒部巡査長は、店のなかをひとわたり見回し、最後に菫子を見つめてから言った。

「ふん。面白くもない店だ。今夜は引き上げるとするか」

黒部は先に店を出た。

内田が勘定を払った。

「酒が入らなければ、おとなしい男なんだが……」

言い訳がましく内田が言った。弁解はするが、決して謝りはしない。内田という男も、やはり警察官なのだ。

ふたりが出て行くと、シノさんはビールのせんを抜き、中西のグラスに注いだ。

「座れ。飲み直して行け」

中西は、立ち尽くしたまま、グラスを見つめていた。シノさんが、さらに言った。

「さあ。ここへ戻るんだ。このまま帰って、やけでも起こされちゃたまらない」

中西は、ぎこちなくほほえんで、もとのスツールに腰をのせた。

「だいじょうぶだよ。やけなんて起こさないって」

「だけど、いやなやつだったわね」

菫子が言うと、シノさんは笑った。

「ああいうやなやつが、いい警官になるんですよ」

「そうだな……」

中西は、グラスを見つめて言った。「あいつらは、俺たちの、その……、何ていうか……、やる気とか、堅気《かたぎ》になろうという決心なんてものを、このビールの泡くらいにしか

「初めは威勢がいいが、じきに消えちまう。そして、吹けば飛ぶようなもんだ」

シノさんが尋ねた。中西はうなずいた。

「ビールの泡?」

考えてないのかもしれないな」

2

中西は十時半ごろ、シノさんの店を出て行った。彼は機嫌を直していた。

十一時になると、菫子が帰ると言い出したので、私は送って行くことにした。

「いいわよ。いつもひとりで帰ってるんだから。神父さんやシノさんと、またこそこそ、男同士の話とやらをしたいんでしょ?」

「スミレコ。私たちを悪者にしてはいけません。神父をいじめると、悪魔に魂を奪われますよ」

菫子は笑った。「ジェラシーよ」

「神父さんたちをいじめてなんかいないわ」

ベンソン神父は口笛を吹いた。

私は立ち上がった。

「痴漢騒ぎの真っ最中だ。やはり送って行くよ」

菫子は、うれしそうに笑って見せた。

店を出ると、彼女は急におとなしくなった。このところ、夜になっても、それほど気温が下がらなくなってきていた。ほてりを含んだような、蒸し暑い夜だった。

私は、彼女に尋ねた。

「フランスへ留学する話、進んでいるのか？」

「具体的には何も……」

「でも、気持ちは変わらないんだろう？」

「準備は進めてるわ」

私は、それきり何も言わなかった。

しばらくして、菫子が、尋ねた。

「私、日本にいたほうがいい？」

彼女らしくない質問だった。彼女は、他人の意見より、自分の意志を大切にする女だ。

私は、こたえが見つからずにいた。

そのとき、女性の悲鳴が聞こえた。短い悲鳴だった。すぐに口をふさがれたようだった。

私と菫子は咄嗟《とっさ》に顔を見合わせた。

「例の痴漢が、また出たのかもしれないわ」

「家へ帰ってるんだ。俺が見てくる」

「私もいっしょに行くわ」

「だめだ。頼むから言うことを聞いてくれ。俺に心配をかけないでほしいんだ」

私は、声のした方向に駆け出した。

菫子は、私の言うとおりにしたようだった。

住宅街を、富士見が丘商店街と反対方向へ行くと、公園があり、そのテニスコートのむこう側には、神社がある。

この一帯は、街灯もまばらで夜になると、暗がりが多く女性にとっては物騒な地域だ。電車を利用すると、富士見が丘商店街を通って住宅街までやってくるのだが、比較的新しく路線が敷かれたバスを利用すると、こちらの暗い道を通らなければならない。

私は、テニスコートまで一気に走り、あたりを見回した。静まりかえっている。この時間になると、人通りはほとんどなくなる。

急に、木立ちの間の灌木《かんぼく》が鳴った。私は、そちらを向いた。黒ずくめの人影が立ち上がるのが見えた。

私の足は、その瞬間に地を蹴って走り出していた。

黒い人影は、一度逃げようとして、走り出したが、考え直したように立ち止まり、こちらを向いた。

私は、その人影に向かって一直線に駆けていた。相手は、上半身をかがめ、突然、こちらに突っ込んできた。ショルダータックルで私を吹っ飛ばしておいてから逃げるつもりなのだろう。

実際、こういう場合は、相撲の立ち合いのようなもので、体あたりや頭突きが一番効果がある。

近づくにつれ、相手の体格のよさがわかってきた。

私は、まったくスピードをゆるめなかった。右足で地面を強く蹴る。そのまま、踏み切った右足を、相手の顔面めがけて突き出した。飛び前蹴りだ。

飛び蹴りは、こういう状況のためにある大技だ。対峙しているような場合には使えないが、自分も相手も移動しているような場合には、意外な威力を発揮する。

相手の反射神経はすばらしかった。

私が踏み切って、宙に舞うのを見て、地面に身を投げ出した。私は、相手の体の上を通過した。視界の隅で、相手が素早く受け身を取って起き上がるのを見た。

柔道の受け身だった。

私も着地した瞬間、体を横に投げ出した。着地した直後が最も狙われやすい。

案の定、敵は私につかみかかろうとしていた。

私は、地面に両手をついたまま、右の踵《かかと》を跳ね上げた。倒れた状態からの後ろ蹴りだ。

私の右踵は、ほとんど無防備だった相手の右腋の下に決まった。

相手は、くぐもった悲鳴を洩らした。太い男の声だった。

私は起き上がって、相手を見た。私の下方からの蹴上《けあ》げは、相手の右肩を外していた。

肩の脱臼《だっきゅう》の痛みに耐えられる者は少ない。

彼は、左手で右の二の腕を支え、ようやく立っていた。黒いトレーニングウエアに、黒い覆面を着けている。

私は、油断なく相手を見ていた。

黒ずくめの男が飛び出してきた灌木の陰で、女のうめき声が聞こえた。はっとして、私は、思わずそちらを向いてしまった。

信じられないことが起きた。

黒ずくめの男が、飛び込んできて、私のジャケットの肩のあたりをつかんだ。片腕はだらりと垂れたままだ。

肩を脱臼して、なおつかみかかってくるとはまったく驚きだった。わずかに身動きするだけで、気の遠くなるような激痛が走るはずなのだ。

さらに、相手の次の動きに、私は完全に度肝を抜かれた。相手は片手だけで私を投げた。見事なスピードの背負い投げだった。

私は、ほとんど受け身が取れず、地面に叩きつけられた。背を強く打ち、一瞬目のまえが真っ白に光った。呼吸ができなくなり、私は、あえいだ。

だが、相手の攻撃もそこまでだった。力尽きたように、よろよろと後退すると、足を引きずるように闇《やみ》のなかへ逃げて行った。

酒の臭いがした。黒ずくめの男は、そうとうに酒を飲んでいたようだ。

ダメージが去るまで、私はしばらくあおむけになっていなければならなかった。やがて、重たい体を持ち上げ、灌木のほうに近づいた。

私は、思わず罵《のの》りの言葉をつぶやいていた。

灌木と灌木の間に、女性が倒れていた。薄い衣服は破かれていた。スカートは取り去られている。白い乳房が見えている。下着は片方の足首に小さく丸まって付いていた。下半身はすべて露出していた。

女性は気を失っている。私は、彼女の衣服を何とか整えようとしたが無駄だった。私は、ジャケットを彼女にかけた。

そのとき、彼女は意識を取りもどした。ぼんやりと私を見た。

「だいじょうぶか？」

私は余計なことを言ってしまった。彼女の眼がおろおろと動き、全身に力が入った。彼女は、悲鳴を上げ、狂ったように暴れ始めた。

私は仕方がなく、水月のツボ——太陽神経叢を突き、再び眠ってもらった。迷ったあげく、私は医師の土谷に電話をした。

五分後に土谷は車でやってきて、被害を受けた女性と私を、富士見が丘病院へ運んだ。

「犯《や》られてるよ」

土谷医師はぶっきらぼうに言った。「洗浄と傷の手当ては終わった。今、鎮静剤で眠っている」

私は廊下のベンチに腰かけたまま、土谷医師を見上げ、うなずいた。

「おまえさん、どうして、こう面倒事に首を突っ込みたがるんだ？」

土谷医師が低い声で言った。

「別に首を突っ込みたがっているわけじゃない」

「そうかね？　おまえさんや、あの神父が俺のことを何と呼んでるか、俺が知らないとでも思ってるのか？」

私は、無言で土谷医師の顔を見上げた。

彼は言った。

「修理屋だ。いいか、医者をなめるなよ。治療は修理じゃないんだ。いつかは、俺の手に負えなくなる」

私はうなずいた。土谷医師はいつにも増して機嫌が悪かった。私も憂鬱《ゆううつ》な気分だった。理由は明らかだ。

土谷医師は、私にかみつくのをやめた。一転して、事務的な声で言った。

「まあ、その話はあとだ。あんたの血液型を聞いておこう」

「血液型?」

「彼女の体のなかから採取したスペルマの血液型と合致しないかどうか、知っておかなきゃならん。文句を言いたいのはわかるが、医者の務めは果たさなきゃならん」

「O型だ」

土谷医師はかすかにうなずき、仕事にかかるため、歩き去ろうとした。

「気になることがあるんだ……」

私が言うと、土谷医師は立ち止まった。

「何だ?」

「右肩を脱臼した男が、今夜、ここにやって来ていないか?」

「いいや。見てのとおりだ。急患は、珍しいことに彼女だけだ」

「そうか……」

「つまり、こういうことか？　右肩を脱臼した男が、今回の強姦の犯人で、脱臼させたのは、あんただ、と……」

「そう」

「警察の領分だな……。俺は俺の仕事をするだけだ。ま、肩の脱臼となれば、自分ではどうしようもない。どこかの病院に飛び込んでいるはずだ。警察が見つけるだろう」

「だといいんだが……」

土谷医師は去って行った。

じきに、警察がやって来た。土谷医師が連絡したのだ。富士見が丘派出所の制服警官とともに、所轄署の刑事がふたり来ていた。

私は調書を取られた。

刑事たちは、私を疑いの目で見ている。疑うのが彼らの仕事だ。しかし、その疑いは、土谷医師が晴らしてくれた。犯人の血液型はA型だということだった。

私は犯人の特徴をできるだけ詳しく話した。柔道の心得があり、しかもかなりの腕を持っていることも、一戦交え、その男が右肩を脱臼したこともしゃべった。

私が相手にけがをさせたことを話したとき、刑事は、ふと鋭い眼をこちらに向けたが、それだけだった。刑事たちは病室へ向かった。

富士見が丘派出所から来ている制服警官は、古くからこの町を知っている、四十代後半の巡査部長で、工藤《くどう》という名だった。腹の突き出た巡査部長は刑事たちがいなくなると、私にそっと言った。

「うちのやつが、今夜、シノさんのところで迷惑をかけたそうだね。内田から聞いたよ」

「酒癖があまりよくないようですね」

工藤巡査部長は困り果てた表情で小さく何度もうなずいた。

そのときの表情が、私は妙に気になった。この男は、何か面倒事をしょい込んでいるのだ。だが、私は何も尋ねなかった。

刑事のひとりが工藤を呼んだ。彼は駆けて行き、またすぐに戻って来た。

「現場検証に付き合ってほしいそうだ。時間、あるかね?」

「だいじょうぶですよ」

刑事ふたりと工藤は、私をパトカーに乗せ、公園へ向かった。現場には、すでにもう一台パトカーが来ており、ふたりの制服警官が現場の保存作業をしていた。無線で呼ばれた警察署のパトカーなのだろう。

私は三十分ほどで解放された。家に帰ると十二時半を過ぎていた。

部屋に戻ると、すぐに電話が鳴った。菫子からだった。

「何度も電話してたのよ」

「今まで警察に付き合わされていたんだ」

「警察?」

「そう」

私は、出来事を菫子に教えた。もちろん、私が一戦交えたという話だけは伏せておいた。

「犯人、つかまるかしら……」

「だいじょうぶ。時間の問題だ」

私はこたえたが、実はそう思ってはいなかった。

「本当にそうだといいわね」

彼女は敏感に、私の気持ちを察知したようだった。

私は曖昧に返事をした。彼女はおやすみなさいと言って電話を切った。

3

翌日、例によってシノさんの店で一日を終えるための儀式を行っていると、昨夜会ったふたりの刑事と、工藤巡査部長、内田巡査の四人が入ってきた。いっしょにいた、ベンソン神父と菫子は目を丸くした。それほど警官たちは殺気立っていた。

刑事のひとりがシノさんに言った。

「中西正次を知っているね」

シノさんは、眉をひそめた。

「はい……」

「中西正次の昨夜の様子を詳しく話してくれないか?」

シノさんは、話した。黒部が中西にからんだことも含めて。

「どういうこと?」

菫子が私にそっと尋ねた。

「さあな……」

私は、話の成りゆきを見守っていた。

「じゃあ、十時半ごろ、中西正次はここを出たんだな」

「はい。そのあとはどこへ行ったのかは知りません。今夜は、勤めに出ているはずです」

「いや。勤めには出ていない」

刑事は、メモを取りながら、冷淡に言った。

「どういうこってす？」

刑事は顔を上げた。

「警察署にいるよ。ゆうべ、右肩を脱臼して、病院に駆け込んだことがわかってね」

私は思わず刑事のほうを見た。刑事は見返した。

「ああ……。あんたか？　あんたの証言が役に立ったよ」

「あれは中西じゃなかった」

「どうしてそう言えるね」

刑事はばかにしたような笑いを浮かべた。

「あんた、顔は見なかったと言ったろう」

「だが、体つきが違った」

「暗かったんだろう？　そんなにはっきりわかるはずないだろう」

「中西は何と言ってるんだ？」

刑事は、さっと顔色を変えた。刑事というのは質問されることを嫌うのだ。私を怒鳴りつけた。

「そんなこと、話す必要はない」

警察官は、一般市民を怒鳴りつけることを何とも思っていない。だが、そのときは、失敗だったことに気づいたようだ。

今この店にいるのは、刑事に脅されたくらいで小さくなる連中ではない。

刑事は、シノさんとベンソン、そして私のきわめて鋭い眼差しにたじろいだ。

「まあ、あんたの証言のおかげで、やつを挙げられたようなもんだから、話してやってもいいだろう。あいつは、富士見が丘派出所の警官に肩を外された、などと訳のわからないことを言っている」

ベンソンが私を見るのがわかった。私とシノさんは刑事を見つめていた。

「真夜中に、ドアを叩くやつがいるんで、起きて出てみると、警察官だったというんだ。もちろん、そのとき制服は着ていなかったが、顔を知ってたと言っている。その男が突然、関節技をかけて肩を外していったと証言している。なぜ、こんなばかげた話をでっちあげるのか、今、ようやくわかったよ。バーテンさん。あんたのおかげだ。中西と黒部という巡査長がここで言い争いをしたと言ったな。それで説明がつく。中西は、腹いせに、罪を黒部に着せようとしたんだ」

私は、刑事のうしろにいる工藤巡査部長と内田巡査を見た。ふたりは、私と決して視線を合わそうとしなかった。

刑事たちは、勝ち誇ったように出て行き、派出所の警官がそれに続いた。

「いったい、どういうこと……?」

誰に訊くともなく菫子が言った。

シノさんは、かぶりを振ってから、つらそうにつぶやいた。

「ビールの泡か……」


翌日は、ひどく暑い日で、私は、『洗い茶巾』の稽古をした。水を張った茶碗に純白の茶巾をさらしておいて、茶席で清めて見せる点前《てまえ》だ。涼を呼ぶための夏の点前だ。

稽古を終えて、縁側で涼んでいると、庭にベンソン神父が立っていた。薄暗がりで、ベンソンの眼は光って見えた。明らかに彼は怒っていた。

彼のうしろに、もうひとり、男が立っている。内田巡査だった。

「彼が、私に言いました。クリスチャンじゃなくても懺悔《ざんげ》を聞いてくれるか、と。教会の門は誰にでも開かれていることを、私は話しました。そして、彼が話してくれました。すべての真相を、です」

私は立ち上がった。

「四畳半へ来てくれ、ベンソン。彼もいっしょに。話を聞こう」

奥の四畳半は、うちで最も位の高い茶室で、他人が近づくことは滅多にない。

四畳半の風炉《ふろ》には富士釜《ふじがま》がかかっていた。私は、ギヤマンの水差しに桐《きり》の葉を蓋として使い、運びで薄茶《うすちゃ》を点《た》てた。

茶を干すと、内田はつらそうに話し始めた。

「痴漢騒ぎの犯人は、うちの派出所の黒部巡査長なのです」

私は何も言わず、話の先をうながした。

「報告書は、黒部巡査長自身が適当にでっち上げて提出していたのだから、本当の犯人がわかるはずはありません。これまでは大事に至らず、僕も知らんぷりをしていたのですが、さすがに今回の事件は……」

「いつ気づいたのですか」

「彼が赴任してきて間もなくのことです。急に痴漢の訴えが増えたんで、おかしいと感じ、ためしに、彼の非番の日、彼を尾行したことがあるんです」

「今回の犯人も彼だというはっきりした証拠はあるのですか？」

「黒部巡査長の肩を外したのは、師匠でしょう？　その肩を入れたのは、巡査部長の工藤なんです。工藤巡査部長は柔道の高段者で指導員の資格を持っていますから……」

「なるほど……。それですべてが明らかになった、と……。それなら、あの所轄署の刑事たちにもすぐに事情がわかりそうなものだが……」

「彼らは、事件を解決しに来たのではありません。事実を隠すためにやって来たのです」

ベンソンがじっと私の反応をうかがっていた。私は、ちらりとそちらを見ただけだった。

「中西正次の右肩を外すように、黒部に指示したのは彼らなのです。刑事たちは、警察の面子《メンツ》を守るために、中西に罪をかぶせようとしているのです」

「黒部と中西の血液型はいっしょなのか？」

「違います。ご存じのように黒部――つまり犯人の血液型はA型で、中西正次の血液型は

Ｂ型です。しかし、彼らは書類を書き換えることくらい平気でやるのです」

「黒部はどこにいるのです？」

「本署にいます。刑事たちに、今後のことを指示されているはずです。おそらくは、辞表を書いて、何ごともなく処理され、黒部は新しい職につく——それだけのことだと思います」

「そして、中西は犯罪者の烙印《らくいん》を押される……」

「はい……」

「シショウ……」

ベンソンは低い声で言った。「自分の仕事の誇りを汚した男は、もうその仕事を続ける資格はありません」

「そう」

私は言った。「俺たちは、中西を無傷で取り戻さなければならない」

「無理です」

内田が言った。「話を聞いてもらって、こんなことを言うのは矛盾してますが、一般人が警察に対して何かをやろうとしても無駄なのです。警官は一般市民の話し合いに絶対に応じてはならないときびしく教えられるのです。さらに、武力と法律で徹底的におさえつけろ、と教育されます」

「そして、一巡査が何を訴えてもどうにもならない組織だと……」

「そういうことです」

「今、われわれが署へ行ってすべてをぶちまけても、誰も耳を貸さない。彼らは、あらゆる法律を駆使して、われわれを犯罪者に仕立て上げるのが落ちだというわけですね」

「はい……」

「私は――」

ベンソンがきわめて静かな口調で言った。「この世のいかなる法も恐れはしません。私が恐れるのは、神の定めた法だけです」

彼は腹をくくったのだ。この神父はこうなると、絶対に敵に回したくない男だ。私は言った。

「では、そろそろ警察署へ出かけようか？　ベンソン」

「もちろんだ、シショウ」

内田は目を丸くしていた。私とベンソンは立ち上がった。啞然として私たちを見上げている内田に私は言った。

「よく話してくれました」

「無茶だ」

内田は言った。「警察という組織をなめちゃいけません」

ベンソンが、きわめて危険な笑みを浮かべた。

「警察の組織？　そちらこそなめてもらってはこまります。私のうしろにはイエズス会がついている。組織のケタが違うのですよ」

結局、内田が制服を着て、私たちに同行することになった。警察署内を歩き回るには、そのほうがずっと都合がいい。私たちは、まっすぐ取調室に行った。

いきなり引き戸を開けると、例の刑事たちの片方が、中西の胸ぐらをつかんでいる光景が眼に飛び込んできた。

もうひとりの刑事が、驚きの表情を浮かべ、次の瞬間に怒りをあらわにした。

「てめえら、何の用だ」

こういう場合の言葉づかいは、ヤクザも刑事も大差ない。私は言った。

「中西をもらい受けに来た。理由はよくわかっているはずだ」

中西の胸ぐらをつかんでいた刑事が、中西を突き飛ばして言った。

「頭がおかしいんじゃないのか？　ここをどこだと思ってるんだ」

私とベンソンは、取調室に入った。内田巡査を廊下に残し、戸を閉めた。

中西の左の眼の下に殴られたばかりとわかるあざがあり、下唇がはれていた。口のなかを切っているようだった。刑事たちが何をやったか一目瞭然だ。

「あれを見てくれ、神父さん。俺なら、もっとうまくやれる。傷が残らないようにな」

「当然だ、シショウ」

中西は、訳がわからずぽかんとした顔をしている。

「このやろう」

刑事のひとりがいきなり殴りかかってきた。商売柄、殴るのには慣れているはずだった。しかし、そのフックは、モーションが大き過ぎた。

私は、そのフックを払うふりをして、前腕にある『手三里《てさんり》』のツボに手刀を打ち込んだ。刑事は、うめいて、腕をおさえた。彼は拳を握れなくなっていた。

「くそっ」

彼は、片手で私のそでをつかみ、払い腰に持っていこうとした。狭い取調室のなかで投げられたら、壁に頭から叩きつけられるはめになる。私は、大きく手を開いて、相手の親指の側に向けて手首を回した。簡単に手がはずれた。

ちょうど私を引きつけようとしたとき、手をほどかれたので、刑事は、前方につんのめって、四つん這《ば》いになった。

中西と向かい合っていた刑事が立ち上がり、椅子を振り上げた。しかし、その椅子は空中で静止し、びくともしなくなった。ベンソン神父が、がっちりとつかまえているのだ。

ベンソンは、そのまま椅子を持ち上げていった。椅子を取り上げようと必死につかまっていた刑事の両足がわずかに浮いた。

神父は、椅子ごと刑事を投げ出した。刑事は尻もちをついた。

四つん這いになっていた刑事が起き上がってつかみかかってきた。私は体を入れ替え、彼の膝をうしろから足刀で蹴り降ろした。刑事はがくんと膝をついた。私は、彼の髪をつかんだ。

「言っておくが、俺は手を出していない。あんたたちが勝手に転がり回っているだけだ」

椅子を払いのけ、顔を真っ赤にしてもうひとりの刑事が立ち上がった。

そのとき、勢いよく戸が開いた。部屋のなかの全員が一瞬凍りついたように動きを止めた。

戸口に、眼の鋭い赤ら顔の男が立っていた。

最初に声を出したのは、膝をついていた刑事だった。

「いいところへ来てくれました。こいつらをすぐ逮捕してください」

戸口の男はこたえなかった。ゆっくりと取調室のなかを見回した。

膝をついていた刑事は、私の手を振りほどき、立ち上がると、私の左頬に拳を叩き込んだ。

「よさんか、ばか者め」

戸口の男が初めて口を開いた。

「いいんですよ、これくらい。こいつらは、こともあろうに、ここへ殴り込みに来たんですよ。許されることじゃない」

「許されないのは、きさまらのほうだ」

その男のうしろに、内田巡査が立っていた。

内田が私に言った。

「このかたは、警視庁警務部の査察官です。私と工藤部長とでお願いして来ていただきました」

本庁の査察官は言った。

「話はすべて聞いた」

彼は、一歩入って入口をあけた。工藤巡査部長が、私服姿の黒部を連れて現れた。

「これくらいでは、とても気が済まんだろうが」

本庁の査察官は中西に言った。「こいつに謝らせますよ」

黒部はうつむいたままだった。やがて、彼は、深々と頭を下げた。

さらに査察官は、真っ蒼な顔をしているふたりの所轄の刑事に言った。

「さあ、行け。おまえらも、ただでは済まんぞ」

ふたりは出て行った。

査察官は私に言った。

「さて、今度はあなたたちだ。こういう無茶なまねは、本来許されない。弁護士なり何なりを通して、ちゃんとした手続きを踏むべきだ」

「どこにも正義がないような気がしたもんでね」

ベンソン神父が言った。

本庁の刑事は、神父を見つめた。

「今でもそんな気がしますか」

「なぜだろうな」

神父が言った。「あんたを見たら、そうでもなくなってきた」

査察官は、初めてわずかに笑顔を見せた。

黒部巡査長の一件は新聞で報道された。

その夜、シノさんが中西をまえに言っていた。

「いやなことは忘れちまえ」

中西はこたえなかった。

シノさんは、私とベンソンを見た。私たちにも中西をなぐさめる言葉はなかった。

シノさんが言った。

「ドイツには、ビールつぎの名人というのがいる」

彼は、ビールのジョッキをふたつ取り出してカウンターに並べた。

「見てろ」

シノさんは、ふたつのジョッキにビールを注いだ。

「さ、飲んでみろ。このふたつを飲み比べるんだ」

中西は不思議そうな顔をしていたが、やがて手を伸ばして、ふたつのジョッキからビールを飲んだ。彼は目をしばたたいてから、シノさんを見つめた。

「味が違う……。でも、今、同じビンから注いだろう」

シノさんは笑顔を見せて言った。

「泡のせいだ」

「泡……？」

「そうだ。できるだけ細かな泡を立てるのが、ビールを注ぐコツだ。細かな泡は、炭酸の刺激をやわらげ、さらに、炭酸が抜けるのをふせぐ。そして、温度が変わるのもふせいでくれる」

中西は、ジョッキを見つめた。片方の泡はすでに半分以上消えかけていたが、もう片方の細かい泡は、純白の綿雪のように、ビールの表面を覆っていた。

「まえにビールの泡の話をしたっけな」

シノさんは言った。「だが、ビールの泡をばかにしちゃいけない。これくらい大切なもんなんだ」

今夜はシノさんの一人舞台だ。私とベンソンは、そっと顔を見合わせた。

中西は、かすかにうなずいた。

菫子が入って来た。店のなかがとたんに明るくなったように感じた。

「ねえ、ねえ。例の痴漢、あのいやな警官だったんですってね。まったく、警官が犯人だったなんて、誰も信用できないわね」

彼女が言うと、ベンソンがこたえた。

「それは違います、スミレコ。信じられる人と信じてはいけない人を区別しなければならない――それだけのことです」

「それ、聖書に書いてあるのかしら?」

「もちろんです」

「その区別のしかたも?」

「それは書いてなかったように思います」

「そこがむずかしいのにね」

「そう。ビールでも飲みながら、ゆっくり考えましょう」

中西が笑った。

第七話　チンザノで乾杯

1

「ねえ、シショウ。そうでしょう？」

富士見が丘カトリック教会のヨゼフ・ベンソン神父が私に言った。

「え……？」

実をいうと、それまでベンソン神父が何を話していたのかわからなかった。話を聞いていたつもりだったが、いつしか心が別のところへ行っていたのだ。

思わず訊《き》き返してしまった。

ベンソンはバーテンダーのシノさんと顔を見合わせた。

シノさんは、グラスを白い布巾《ふきん》で拭きながら、私のほうを見た。私は、わざと彼と眼を合わさなかった。

シノさんは、他人の心の底まで見すかすような鋭い眼をすることがある。

私は思い出した。

ベンソン神父と私は、いつものように開いたばかりのシノさんの店で飲み始め、ウイスキーの話を始めたところだった。

　ベンソンは溜め息をついた。

「そう。確かに、わが祖国の名酒、オールドブッシュミルズは、飲む人を未知の世界へ誘い込む。その香りに、人々はうっとりとし、心は夢の世界をさまよい始める」

　彼はアイルランド人だった。「しかしね、シショウ。ひとの話を聞けなくなるほどじゃない」

「すみません。ちょっと考えごとをしていたものですから」

　言ったとたん、私の手から、オールドブッシュミルズが半分ほど入ったショットグラスが滑り落ちた。

　割れはしなかったが、カウンターにぶつかってひどく大きな音をたてた。

「あ……。申し訳ない」

　私は、カウンターから転げ落ちそうになるショットグラスを左手でつかまえようとして、右の肘《ひじ》で、チェイサーのタンブラーをひっくり返してしまった。

　カウンターが水びたしになった。

　ベンソンは、額に手をあて、眼を閉じてかぶりを振った。

　ダスターをカウンターに広げ、私に乾いたタオルを手渡しながらシノさんが言った。

「どこか具合でも悪いんじゃないですか、若？」

　私は濡れたズボンをタオルで拭きながら、こたえた。

「別にどこも悪くないいさ」

ベンソンとシノさんは、また顔を見合った。

シノさんがさらに言う。

「何かあったんでしょう。まったくいつもの若らしくない」

「そう」

ベンソンが追い討ちをかける。「シショウは心のバランスを欠いています。よかったら、教会で告白を聞きますよ」

「何でもないんですよ、本当に」

シノさんもベンソンもそれ以上追及しようとはしなかった。

カウンターを片づけ終わったところに、三人目の客が入ってきた。

シノさんとベンソンがにこやかに笑いかけたので、誰が入ってきたのか振り返らなくてもすぐにわかった。

「今晩は」

三木《みき》菫子《すみれこ》が私の右側のスツールに腰を乗せた。

私は、カウンターで、ベンソン神父と菫子にはさまれる形になった。

たいていの男たちは、彼女に賞賛の眼差しを送る。それは、彼女と親しくなった後も変わらない。

「ヘネシーね」

彼女はいつもの飲みものを注文した。

シノさんは、細いチューリップグラスにブランデーを注ぎながら、一瞬、私と菫子を見比べた。

この男にしてはたいへん珍しいことに、詮索《せんさく》するような眼つきをした。ベンソンも似たような眼で私を見ているのに気づいた。

「何ですか？　ふたりとも……」

「シショウの様子がおかしい」

ベンソン神父が言った。「そうなると、まず考えられるのは、スミレコとの喧嘩《けんか》です。スミレコ。シショウと仲良くしてますか？」

「相変わらずよ」

菫子はこたえた。

私は何も言わなかった。

「様子がおかしい？」

菫子が、シノさんとベンソンに訊き返した。

「そう。シショウは、何を話しても別のことを考えているようです。日本語では『空のうえ』というのでしょう？」

「『うわの空』よ。私、その理由、知ってるわよ」

「いったいどうしたというのです」

ベンソンが身を乗り出した。

シノさんまでが興味深げに菫子を見ている。私は新しく注いでもらったオールドブッシュミルズを口に含んで苦い顔をした。

「先生が、日本に……」

シノさんが心底驚いたように言った。

「彼のおとうさんが、帰国するのよ」

菫子が言った。


現在、わが家は相山流茶道の道場となっている。私は、お茶の師匠というわけだ。

剣術の道場を茶道の道場に変えたのが父だ。

父は、武術家のたしなみとして茶の湯に親しんでいた。そのうち、鎌倉にある、相山流という茶の流派の門を叩いた。

父はたちまち武田宗山という千利休の弟子が開いた相山流に心酔してしまった。

「相山流は武人の茶だ。武術家の心を伝えている」

常にそう言っていたのを覚えている。

父は、鎌倉の家元に通いつめ、異例の早さで師範の免状を得た。

私がこの家を継いだあと、父は、相山流茶道と、わが家に伝わる拳法を合わせて普及させるため、単身海外へ旅立った。

五十二歳のときだった。

菫子が物心ついたときには、わが家はすでに茶道の道場になっていた。

彼女は私の祖父の武勇伝は知っているが、この私が拳法を伝承していることは知らない。

「シショウのおとうさん、どこの国にいるのですか?」

ベンソンが尋ねた。

「知らない。時折、葉書が来るが、そのたびに滞在場所が変わっているんです」

「先生は、何のために帰ってらっしゃるんです?」

シノさんが言った。父がいるため、私は、シノさんにとっては、いまだに『若』なのだ。

「わからない。突然、葉書が来たのですよ」

「おじさまに会えるのね。何だかなつかしいわ」

菫子はうれしそうに言ったが、私は素直に喜べなかった。

「シショウは、おとうさんが久しぶりに帰国するというのに、うれしくはないのですか?」

ベンソンは不思議そうだ。

「うれしくないはずはありません。ただ……」

「ただ、何です?」

「あの人が帰ってくるたびに、わが家では騒動が持ち上がるのですよ」

「今回も何かが起こると……?」

シノさんが訊いた。私はうなずいた。

「どうも帰国が唐突すぎる……。いやな予感がするのです」

2

私はこの二、三日、露地の戸をわずかに開けておいた。露地というのは、茶室の庭のことだ。

その戸をわずかに開けておくのは、釜に湯が沸《わ》いており、いつでも客を迎える準備ができているという合図なのだ。

今時、このようなメッセージを理解する粋人《すいじん》は少ない。事実、客はひとりも訪ねてこなかった。

私がわざわざ茶席の準備を整え、露地の戸を開けておいたのは、父親のためだった。

別に媚《こ》びているわけではないが、つまらぬことで文句は言われたくないものだ。

常に茶を点《た》てる用意をしておくのが、その昔、茶人の最も基本的な心得とされていたのだ。

茶人を突然客が訪ねて、湯が沸いていなかったりしたら、その茶人は最大の恥をさらしたことになるのだった。

父は、そういった『心がけ』にうるさい人物だった。

武術も茶も、形式より気持ちを重んずるのだ。気持ちというのは文字どおり『気』を持つことだ。

大広間での昼の稽古が終わって、奥の四畳半へ炭を足しに行った。

この四畳半は、滅多に使うことはない。わが家で最も位が高い茶室とされている。そこに、客を迎える準備をしておいたのだ。

誰もいないはずの茶室に、人の気配がした。かすかに衣《きぬ》ずれの音が聞こえる。

私は茶道口《さどうぐち》をわずかに開け、水屋《みずや》から茶室をのぞいた。

父がすわっていた。

思わず溜め息が出た。

私は火の勢いを考えて、炭点前《すみてまえ》から始めた。茶には、炭を並べるための点前もあるのだ。通常は、その炭点前を省略した印として、床《とこ》に紙釜敷《かみかましき》を置き、その上に香合《こうごう》を載せておく。私が茶道口から入って行って点前を始めても父は何も言わない。

季節柄、風炉《ふろ》ではなく炉を使っている。花は、潮菊《しおぎく》に実葛《さねかずら》、はしばみを合わせ、竹旅枕《たけたびまくら》の花器に活《い》けてある。

軸は、桃林禅師《とうりんぜんじ》の御消息《みしょうそこ》。

父は、その床を見つめている。

炭点前を終え、運びで薄茶《うすちゃ》の点前を始めた。炭点前のあとは当然、濃茶《こいちゃ》となるのだが、そこは省略した。

茶を点て、出すときに私は言った。

「お疲れさまでした」

父は茶を取り込み、干すと初めて口を開いた。

「うん。今、帰った」

「シノ、久しぶりだな」

店へ入るなり大声で言って父はシノさんを驚かせた。

「先生……。いつお帰りで……?」

「うん。ついさきほどな。こいつのうまくない茶を飲まされたので口直しにやってきた」

「それはどうも……」

「あいかわらずしけとるな。よくつぶれんな」

「若たちにごひいきにしていただいておりますんで」

父は、体はそれほど大きくないが、声は大きい。

「そうか。こいつ、なまいきに酒なんぞ飲んでおるか。まあいい。シノ、チンザノをくれ」

「チンザノですか？　どうやってお飲みになります？」

「そのままだ。ワイングラスにくれ」

「はい……」

「ときに、おまえ、いくつになる」

父は突然、私のほうを向いた。

「三十です」

「そうか。嫁はまだか？」

「まだです」

「めぼしい相手もおらんのか？」

「ええ……」

「シノ、本当か？」

「さあ……、私には……」

シノさんが意味ありげに私を見た。父はその視線に気づいた。そういうところは目ざといのだ。

「誰かいるんだな……。三木のところの娘か？　菫子ちゃんだ」

「そういう話はしたことはありません」

「あの娘はだめだ」

「え……」

「菫子とおまえは異母兄妹《きょうだい》だ。菫子は、私が三木の嫁に産ませた子どもだ」

私は絶句した。

そのとき私はとんでもない顔をしていたに違いない。

さすがのシノさんも、思わず身動きを止めて父の顔を見つめた。

父は、私とシノさんの顔をぎょろりとひと睨みし、大声で笑い出した。

「冗談だ」

私は閉口した。

「よしてくださいよ、まったく……」

「これではっきりした。おまえは、菫子ちゃんに気があるわけだ」

私はこたえなかった。

「それで、シノ、むこうはどうなんだ？」

「そりゃあ……。まんざらでもないと私は思いますが……」

「シノさん！」

「そうか」

父は急に真顔になった。「良縁だ。早くまとめてしまえ」

「とうさん……。董子には董子の事情があるのです。それに気持ちだって確かめたわけじゃありません。当分は今のままでいたいのです」

「こいつは小さい頃から、いざというときの押しが弱くてな。シノ、何とかならんのか?」

「もうよしてください。いいですか? もうじき菫子もここへやってくるでしょう。変なことは言わんでください」

「息子の縁談の話をしてどこが悪い」

「この町には、この町の暮らしかたがあるんですよ」

「私だって富士見が丘で生まれ育ったんだぞ」

「時代が変われば人も変わるんです」

そのとき、いつものように、にぎやかにベンソン神父が登場した。

「何者だ、あの男は?」

父は私にそっと尋ねた。

「とうさんが日本を離れている間に、カトリック教会にやってきた神父です。ヨゼフ・ベンソンといいます」

私は、ベンソンに父を紹介した。

「オー。シショウの偉大なおとうさんですか。お会いできて光栄です」

「彼は本気で言ってるのか？」

「さあ……。アイルランド人ですから」

父はベンソンのほうに向き直って尋ねた。

「神父さんは、イエズス会士かね？」

「そうです」

「アイルランド人にして『神の兵士』……。こりゃ気が合いそうだ」

その言葉どおりふたりは意気投合してしまった。

近所の常連客がやってきて、父を見て驚き、再会を喜んだ。いつになくシノさんの店は大騒ぎとなった。

そこに菫子が現れた。

「おじさま……」

「おお……、菫子ちゃん！　ますますきれいになった！」

「おじさまもお元気そう」

菫子が席につくと、父は私にささやいた。

「早く、話をまとめてしまえ」

私は無視した。

富士見が丘の町内に妙な男たちが姿を見せ始めたのは、父が帰国した翌日からだった。背の低いがっしりとした体格の男たちだった。日本人ではない。一目でイタリア系とわかった。

みな黒い髪に濃い茶色の眼をしている。どこの国の人間でも物騒な連中の持つ雰囲気はいっしょだ。

その男たちは全員、ダークスーツを着ていた。

父は時差ボケと二日酔いで昼を過ぎたというのにまだ高いびきで寝ている。

そろそろ昼の稽古生がやってくる時間なので、広間で準備をしていると、ベンソン神父がやってきた。

「シショウ、気がつきましたか?」

「このあたりをうろうろしている外国人のことですか?」

「そう。彼らは、けさ、私の教会でミサに出席しました。カトリックなのです」

「見たところ、イタリア系のようですが……」

「そうです。彼らはイタリア語をしゃべっていました。だが、ローマのイタリア語ではない。おそらくはシチリア島の方言のひとつです。シチリア島には多くの方言があります。例えば、パレルモの街だけ見ても、少なくとも五つの方言があるのです」

「詳しいですね」

「わがバチカンはローマにあるのですよ。私は若いころに何度もイタリアを訪れ、一度は長期にわたって滞在しているのです」

「神父さんがわざわざ私のところへ来た理由がそれでわかりました」

「そう。シチリアと言えば、本物のマフィアの土地です。そしてシショウのおとうさんが日本に来た次の日、彼らが現れた……」

「父がシチリアのマフィアと何か面倒事を起こしたと考えているのですね」

「誰だってそう考えます。彼らは、ひとりの男を『カポ』と呼んでいました。『カポ』というのはシチリアの村を支配しているボスのことです。シチリアの人々は、何があってもポリスの力を借りようとしません。すべて、マフィアが片をつけるのです。そして、その多くの『カポ』の頂点に『ドン』がいます。『カポ』がボスなら『ドン』は王さまです」

「このあたりをうろついているのは、マフィアに間違いないということですね」

「そうです……。おとうさんはどうしているのですか？」

「寝ています」

「さすがシショウのおとうさんだ。はらわたがすわっている……」

「気持ちの悪いことを言わんでください。肝《きも》がすわっているというんですよ」

「事情を訊いたほうがよくはありませんか？」

「できればそうしています」

「どういうことです？」

「父がいびきをかいて眠っているときは、誰がどうやっても起きないのです。目を覚ますのを待つよりほかに手はありません」

「そういえば、ゆうべ、おとうさんはチンザノを飲んでいましたね」

「そう。イタリアのベルモットですね……。以前は、ああいう甘い酒など飲まなかったのですがね……」

「どうやら、シショウのおとうさんはイタリアにいたことは確かのようです」

私はさすがにうんざりとした気分だった。

本物のシチリアン・マフィアとはいくら何でも相手が悪すぎる。

「言ったでしょう、神父さん。父が帰ってくると、必ず面倒事が起こるって……」

そのとき、外のほうで聞き覚えのある声がした。

「何するの！　放してよ」

菫子の声だった。

私とベンソンは、はっと顔を見合わせた。

気がついたら私は門の外へ飛び出していた。

イタリア系の男たちが三人で菫子を取り囲んでいる。若い男たちだ。

彼らは、早口で菫子に何ごとか話しかけている。

菫子はひとりの男に腕をつかまれていた。振りほどこうともがいている。

私は、男たちに近づき、こちらに背を向けているひとりを突き飛ばした。

その男はたたらを踏んだ。

あとのふたりが、私を睨んだ。

私はその瞬間に彼らがマフィアであることを確信した。危険な眼はどんな人種であろうとすぐにわかる。

私は、菫子の腕をつかんでいる男の手首をつかみ、自分の掌底《しょうてい》をテコの支点に使って、その手首を内側へ曲げてやった。

男は手を放した。手首を内側へ曲げられると手を握っていることはできない。

私は、その手を放さぬまま小手《こて》を鋭く返した。

男は宙に円を描いて投げ出された。

菫子がさっと私の背に隠れた。

三人の顔がみるみる赤くなった。最初に私に突き飛ばされた男が、すり足で近づいてきた。

すり足でしなやかな足運びは喧嘩慣れしていることを意味している。大股でどすどすと歩くような連中は恐ろしくない。

足を上げず、スケートをはいているような滑らかな足運びが、プロの喧嘩屋の足運びなのだ。

その男は私に向かって、左のフックから入ってきた。

フックは視界の外側から入ってくるため、奇襲にはもってこいのパンチだ。しかも、力が円を描いて向かってくるので、空手の正拳《せいけん》のように受け流すわけにはいかない。やっかいな攻撃なのだ。

私は、身を反《そ》らし、パンチの流れにそって押し流すように手をそえた。

普通はそれだけで体勢がくずれるはずだった。

しかし、左のフックはフェイントだった。

相手は、アッパー気味の右フックを、ボディーめがけて打ち込んできた。レバーを狙っている。いわゆるショベル・フックというパンチだ。

そんなパンチを食らうわけにはいかない。

私は思わずステップアウトして、辛くもパンチをかわすと、反射的に相手の腕の下をくぐる低い回し蹴りを見舞った。

膝から下を鋭く回転させる回し蹴りで、至近距離の場合、特に威力を発揮する。

私の靴の爪先が正確に水月《すいげつ》――鳩尾《みぞおち》の急所にめり込んだ。

男は、息ができなくなったらしく、その場にうずくまった。

別の男が横から殴りかかってくる。

やはり同じく滑るような足運びだ。

私は充分にタイミングを計っていた。相手がパンチを出そうとする瞬間に、顔面をカバーしながら、わずかに相手に寄り、膝を正面から蹴ってやった。

相手は、目をむいて悲鳴を上げた。

一瞬無防備になる。

その顔面に、掌で打ち込んだ。打った瞬間にバレーボールのスパイクの要領でスナップを効かせる。

喧嘩や格闘技の経験の少ない人は、拳で殴るほうが効果的だと思うかもしれないが、実は逆だ。

私がやった打ち方が最も脳震盪《のうしんとう》を起こさせやすいのだ。

狙いどおり相手は、私のその一発で足がもつれ始めた。膝のダメージが重なって、その男は、尻もちをついた。

あとのひとりが何ごとかつぶやいた。

脇で見ていたベンソンが私に言った。

「シショウ。気をつけてください。その男は今、『オメルタ』という言葉をつぶやきました。男の名誉という意味です。本物のマフィアは『オメルタ』のために、平気で命を懸けるのです」

つまり、本気になったというわけだ。

面子《メンツ》を何よりも重んじるのは、日本の極道もシチリアのマフィアも変わらない。

その男は、魔法のようにナイフを取り出した。

細身で両刃の鋭利なナイフだった。

彼は、やや斜めにナイフを構えている。無闇に振ったり、左右の手に持ち替えて見せたりはしない。

そして、そのナイフの刃の延長線上に、私の左手首がある。プロフェッショナルだ。

ナイフ使いの専門家は、いきなり心臓を突いてきたりはしない。心臓は遠く、しくじる確率が大きい。それよりも、近い急所を狙うのだ。

一番近い敵の急所は手首の動脈だ。そこを切り裂いておいて、すかさず致命傷を与える。

新陰流が、まず相手の小手を狙うのと同じだ。

プロのナイフ使いが相手では、分《ぶ》が悪すぎる。素手では私に勝ち目はほとんどない。

相手はじりじりと間をつめてくる。

ベンソンは、先に倒したふたりを牽制《けんせい》していて動けない。

「何か持っていないか」

私は背後の菫子に言った。

「何かって……?」

彼女も恐怖にすくみ上がっている。

「何でもいい。その手のバッグに入っているものだ」

「化粧品と筆記具くらいしかないわよ」

「筆記具だ。そいつをくれ」

私は、左手を背に回した。菫子はその手に金属性のボールペンを渡した。一か八かだが
これで何とかなりそうだった。

私は、ボールペンを掌のなかに隠し、親指を内側に曲げておさえた。

相手からボールペンが見えないように左手をかざして半身に構える。

私のほうから一歩出た。

相手は思ったとおり、最短距離を通って私の左手首の動脈を狙ってきた。無駄な動きは
ひとつもなかった。

私は左手首を内側に曲げた。ナイフはボールペンの軸に当たった。

その一瞬で充分だった。

私は同時に相手の股間を容赦なく蹴り上げていたのだった。

相手は、次の攻撃に移ることができなかった。悲鳴を上げて地面に崩れ落ち、苦悶した。

汗がどっと噴き出してきた。

心臓がすさまじい勢いで搏動《はくどう》している。

私は無意識のうちに、何度もつばを呑み込んでいた。

ふたりの男が、ナイフ使いを助け起こした。

彼らは、ナイフ使いを両側から支え、私を睨みすえた。私も睨み返した。

眼をそらしたのはむこうだった。彼らはナイフ使いを引きずるようにして、路地の角へ消えていった。

私は、あと一歩で死んでいたという恐怖感からまだ立ち直れずにいた。

「知らなかったわ……」

菫子の声がした。「あなたがこんなに強かったなんて……」

私は、はっとした。その瞬間に自分を取り戻した。そして、しまったと思った。これまで私は、自分が拳法を身につけていることを菫子に秘密にしていたのだ。

「そうじゃない。夢中だったんだ。相手が弱いんで助かったよ」

私は無言でベンソンに助けを求めた。ベンソンが言った。

「そう。今のは情けない連中でした」

「たまたまうまくいっただけさ。火事場のクソ力というやつだ」

「そう……」

菫子は考え込んでから、一転してあっけらかんと言ってのけた。「そうね。あなたが強いわけないものね」

「それより、いったいどういうことだったんだ？」

「わからないわよ。あなたの家の門をくぐろうとしたら、突然、あの三人がやってきて、しきりに何か話しかけるのよ。言葉がわからなくてどうしようもないから、とりあえず、おじさまにでも来てもらおうと、もう一度門のなかへ入りかけたわけ。そうしたら、突然、腕をつかまれたの。びっくりしちゃって思わず大声を出したんだけど……」

私はベンソンの顔を見た。ベンソンは訳がわからないというように肩をすぼめた。

「とにかく上がってくれ。父に話を聞けるかもしれない」

父はそれから間もなく目を覚ました。

私は、怪しげなイタリア系の外国人が家の周りをうろついていることを話した。

「菫子がうちへ入ろうとすると、腕をつかまれ、何か詰問されたということです。何か心当たりはありませんか？」

「ある」

私、ベンソン、そして菫子は父に注目した。

「どんなことです？」

「そりゃあ、まあ……。いろいろあってな……」

「話せないようなことですか？」

「そうじゃない。その……。何だ……。話すべきときが来たら話す」

「実は、そのイタリア人たちと、一悶着《ひともんちゃく》ありましてね」

私は言った。「相手を三人ほど痛めつけちゃったんですよ」

私は父が顔色を変えるのを想像していた。シチリアン・マフィアを痛めつけたとあっては、ただでは済まない。それ相当の報復を覚悟しなければならない。

しかし、父は平然としていた。

「三人ほど痛めつけた？　おまえがか？」

「そうなの。私を取り囲んだ三人なんだけど――」

菫子が言った。「あきれるくらい弱いの」

菫子はどうやら、私とベンソンの話を信じてくれたらしい。

父は菫子の言葉を聞いて一瞬、啞然とし、次に大笑いを始めた。

「笑っている場合ではないでしょう」

私は言った。「どうしてあのイタリア人たちがうちの周りをうろついているのか、ちゃんと説明してください」

父は急に厳しい顔になって、ぴしりと言った。

「言うべきときには言う。何度も言わせるな」

「あんな連中がうろうろしていたら物騒でしょうが」

「物騒？　だいじょうぶだ。その点は心配するな」

心配するなというのは無理な話だ。結局、その日は、父から何も聞き出すことはできなかった。

日が暮れるとシチリアン・マフィアたちの姿は見あたらなくなった。

夜の稽古が終わり、いつもよりいくぶん遅めにシノさんの店へ行くと、雰囲気が妙だった。

すぐにその理由に気づいた。

店の出入口付近に、黒い服に金バッジをつけたふたりの男が立っている。

和服姿のやせた老人がカウンターに腰かけていた。その老人と眼が合った。

地元の飛島一家の組長、飛島英治だった。飛島は私に言った。

「若……。話は聞きましたよ。マフィアと面倒なことになっているそうじゃありませんか……」

「どうしてあなたが……」

私は、そう言ってからシノさんに視線を向けた。

シノさんはうなずいた。

「私が知らせたんです。さっき、ベンソン神父から話を聞きましてね」

カウンターの奥には、そのベンソンがいた。

シノさんはさらに言った。

「いくら若や先生でも、本物のシチリアン・マフィアが相手じゃ命がいくつあっても足りない」

「それはさっきいやというほど思い知らされたよ」

「ねえ、若……」

飛島が言った。「若や先生にもしものことがあったら、あたしゃ、あの世で先代に顔向けができない」

「おたくの先代が親しかったのは、俺の祖父だ。俺は関係ない」

「事情だけでも聞かせてやっちゃくれませんか、若」

「話したくても話せない。事情は俺も知らないんだ」

「どういうこってす？」

「父親がまた何かやらかしたらしいんだが、理由を話してくれようとしない」

「ほう……」

「だから、俺もどうしようもない」

「あたしらは、あたしらで動かせてもらいますよ。今回だけは、いくら若が止めても聞けません。外国の極道にこのあたりで好き勝手やらせるわけにはいかないんで……」

「好きにしてくれ。だが、恩に着たりはしない」

「当たりまえです」

こういった筋の人間には普通顔色ひとつ変えないシノさんが、落ち着きをなくしていた。

相手は組長なのだから当然だ。店の出入口では、幹部ふたりが睨みを利《き》かせている。

「私らのような者が長居すると迷惑をかけることになります」

飛島はスツールから降りた。

幹部のひとりがドアをさっと開け、もうひとりが勘定を払いにやってきた。

シノさんは、正確につりを払った。幹部は黙ってつり銭を受け取った。

三人のヤクザは出て行った。

「知らせなかったほうがよかったですかね」

シノさんが言った。「でも、心配でつい……。ほかに頼るところが思いつかなかったもんで……」

「いいんだよ……」

「それで、シショウ……」

それまでじっと事の成りゆきを見つめていたベンソン神父が言った。「これからどうするつもりです?」

「さあ……。俺にもわかりませんよ」

3

翌朝、いつものように露地の掃除に出て驚いた。

イタリア語の会話があちらこちらで聞こえるので門の外をのぞくと、十人以上のイタリア人が家のまえにたむろしていた。

全員、一様にダークスーツを着ている。

年齢はさまざまだが、やはり、一種独特の凄味を皆持っている。

私はその場に立ち尽くしていた。

そのとき、左手のほうから、大勢の人が駆けてくる靴音がした。

見覚えのある男が先頭に立って走ってくる。

飛島一家の代貸だった。

彼は、二十人ばかりの若い衆を連れてきた。こちらも一目で、その筋の人間とわかる連中がそろっている。

富士見が丘の町内は、朝からものものしい雰囲気に包まれた。

マフィアたちは、飛島一家の連中の形相《ぎょうそう》に気づき、互いに顔を見合って、何事か相談を始めた。

彼らは戸惑《とまど》っているふうにも見えた。

私は、マフィアたちのなかに例の三人組を見つけた。

イタリア人の集団のなかから、ひとりが歩み出して、飛島一家のほうに向かって、何事か話しかけた。

「おい」

飛島一家の代貸は、組員たちを振り返って言った。

「誰か、この言葉がわかるやつはいるか?」

いるはずがなかった。

イタリア人は、さかんに何かまくし立てている。

「ええい、やかましい」

代貸は、ドスの利いた声でゆっくりと言った。相手をじっと睨みつける。「この家の人間には指一本触れさせるわけにはいかないんだ」

相手のイタリア人は、その眼つきに反応した。

一流のマフィアは、自分たちと同じ人種の臭《にお》いを嗅《か》ぎとったのだ。

そして、彼は敵意を読み取った。

イタリア人たちは、またも何事か話し合いを始めた。

一番年嵩《としかさ》の男が、決然と何かを言った。

マフィアたちは全員、飛島一家のほうを向いた。

飛島一家がさっと身構える。

ヤクザとマフィアの睨み合いが、わが家の門のまえで始まった。

近所の人々は、この殺気をはらんだ光景を遠巻きに眺めている。

私は父を叩き起こしに行った。どんなことをしてでも目を覚ましてもらわねばならない。

父はすでに起きていた。

「表に、マフィアが十数人やってきています」

「マフィア？　おまえは、きのうはイタリア人としか言わなかった。知っておったのか？」

「一戦交えたんですよ。相手がプロだということはすぐにわかりました。マフィアという言葉を出さなかったのは、菫子がいたからです」

「あの娘は賢い娘だ。すべて知っておるかもしれんぞ」

「そんなことより、あのマフィアはいったい何なのですか？」

「まあ、そうあわてるな」

「落ち着いている場合ではないのです。飛島一家が駆けつけてきたんです」

「飛島？　英治んところか？」

「そうです。今、外でマフィアたちと睨み合っています」

「どうしてそんなことに……」

「きのうの一件を、組長に知られたんですよ」

そのとき、初めて私は、父が紋付き、袴《はかま》で身じたくをしていることに気づいた。

父は、羽織をふわりと着て、ひもを結ぶと玄関に向かった。

私はそのあとに従った。

門の外では、まだ睨み合いが続いていた。遠巻きにしている野次馬の数がだんだんと増えてきた。

そのなかに、ベンソン神父と菫子の姿も見えた。

父は、マフィアと飛島一家の間に立った。

イタリア人が父にしきりに何かを訴えかけた。

父は、何度もうなずき、その男をなだめているようだった。イタリア語でひとしきりしゃべったあと、父は、飛島一家に向かって言った。

「誤解なんだ。このシチリア人たちは騒ぎを起こす気など毛頭ない。引いてくれんか」

「引けませんね」

代貸が言った。「これは組長《オヤジ》の命令なんで……」

父の眼が険しくなった。こればかりは、私もまねできない。一家の代貸を貫目《かんめ》負けさせてしまうのだ。

「ならば、英治を呼ばんかい！」

言い返すのがせいぜいだった。代貸は、完全に当惑している。

「英治を呼べと言ってるんだ」

代貸は、舎弟《しやてい》たちの手前もあって、父の言いなりになるわけにはいかない。

私は見ていて、代貸が気の毒になった。

父は、相変わらず代貸を睨みすえていた。

そのとき、飛島一家の集団の後方で、嗄れた声がした。

「先生。呼ばんでも、あたしゃ、ここにおります」

飛島一家の連中はその声に驚き、さっと道の両脇に分かれた。

組長の飛島英治が立っていた。

「しばらくです。先生……」

「おう。飛島の英ちゃん」

父はうれしそうに言った。

「先生。お言葉ですが、こういうありさまで引けと言うのは聞けませんなあ……」

「そういうことじゃないんだがな……」

私は父に言った。

「ちゃんと話さないから悪いんです」

「言いづらいことだってある」

そのとき、黒いハイヤーが静かに角を曲がってきた。

野次馬は道を開けた。

イタリア人たちは、道の片方に寄って、車を見つめていたが、やがて、うれしそうに、「カポ」「カポ」と言い始めた。

車に彼らのボスが乗っているのだと思った。

黒いハイヤーは、家の門のまえで停《と》まった。

まず、すばらしく貫禄のあるイタリア紳士が降りてきた。年齢は七十歳前後だろうか。彼が、『カポ』に間違いなかった。

次に車から降りてきたのは、すばらしいイタリア美人だった。

黒い髪に情熱的な茶色い瞳。ほっそりとしているが、同時に肉感的でもあった。

彼女は三十歳から三十五歳の間に見えた。とにかく、その整った顔立ちには驚くばかりだった。

さらに驚いたのは、彼女が、父を見るなり抱きついたことだった。

飛島一家の連中は唖然とし、マフィアの連中は歓声を上げた。

「いったいどうなってるんです?」

私は尋ねた。「もう話してくれてもいいでしょう」

父は、イタリア美人を抱きながら言った。

「彼女が到着するまで話したくなかったんだ。マリア・ルッソ。こちらのアントニオ・ルッソの末娘だ」

アントニオ・ルッソというのが『カポ』だ。

「……で？　そのマリア・ルッソという女性は？」

「私の再婚の相手だ。まあ、おまえの母親ということになるかな」

私は声も出なかった。

父は、マフィアの一団と飛島一家の連中に言った。

「さあ、今日はお披露目だ。みんな、なかに入ってくれ」

彼らは、おそるおそる互いの様子を見ながら門のなかに入って行った。

私は、門の脇に立ち尽くしていた。

ベンソンと菫子が駆け寄ってきた。

菫子が言った。

「あの人が、おじさまの新しい奥さん？　何の相談もなかったの？」

私は言った。「その点については、もう諦めてる。父のやることを気にしていたら、こちらの身がもたない」

「ない」


その日は、そのまま、ガーデン・パーティーとなった。

父がこっそりと段取りをしていたらしい。料理や酒が次々と届き始めた。

飛島一家、マフィア、そして近所の商店街の主人たちが混ざり合って話をしている姿は妙なものだった。

父が、私と一戦交えた三人を連れてやってきた。私は、気恥ずかしさを覚えてうつむいていた。

「この三人はな」

父が私に言った。「菫子ちゃんに案内を乞いたかっただけだそうだ。ちょっと強引なのがこいつらの悪い癖でな。それを見ておまえが勘違いしたんだ」

「心から反省している――そう言ってやってください」

三人のなかのナイフ使いが、ナイフを出した。

私は一瞬緊張した。リターンマッチを挑まれるかもしれないと思ったのだ。

ナイフ使いは、器用にくるりとナイフを逆に持ち替え、私に柄を差し出した。

父が説明した。

「ナイフに向かって素手で立ち向かった勇気と、おまえの強さに敬服したのだ。受け取ってやれ」

私は、実に精緻な細工がほどこされている象牙《ぞうげ》の柄を握った。ナイフ使いは私の肩を抱いた。

そのとき、新たな一群の人々が入ってきた。その連中は、伝統的な鳶《とび》の衣装を身につけていた。

飛島一家の組長が、親戚筋にあたる鳶の一家に連絡して、若い衆を呼んだのだ。

若い衆の『木遣《きや》り』が始まった。

「どうです？」

飛島一家の組長が私に言った。

「しかし、おたくもたいしたもんだ。国内の組関係に一目置かれるだけじゃなく、今度はマフィアのボスと縁組みしちまうんだから……」

「いいもんですね」

何も言えなかった。

私はそっと組長のそばを離れた。董子とベンソンが近寄ってきた。

「マフィアだっていうの、本当なの？」

董子が言った。

「本当らしい」

「マフィアと渡り合ったというわけ？　そして、まぐれで三人をやっつけたの？」

「そういうことになるな」

「私に何か隠していない？」

「いや……」

私はベンソンを見た。ベンソンは言った。

「時に奇蹟は起きるものです。特に、私がそばにいると奇蹟は起きやすい。私には神がついているのですから」

「まあいいわ。そういうことにしといてあげる」

父が、私と董子の縁談をせっついた理由がようやくわかった。

父は父なりに、私に気をつかったのだ。

だが、私と董子の関係がこれからどうなるかは誰にもわからない。本人同士にも――私は彼女の横顔を見ながらそう思った。

パーティーは深夜まで続いた。

父とマリア・ルッソは幸せそうだった。酒に酔い、へとへとに疲れた私は、ようやく、ふたりの事実を受け入れる気になっていた。

翌日、シチリアの人々は去って行った。驚いたことに、父もいっしょにいなくなった。

その夜、私は、初めてチンザノを注文した。

第八話　ヘネシーの微笑

1

「パリに行くことにしたわ」

シノさんの店に入って来るなり、三木《みき》菫子《すみれこ》がそう言って私たちを驚かせた。

私の隣りには、ヨゼフ・ベンソン神父が腰かけていた。

カウンターのむこうには、バーテンダーのシノさんがいる。

菫子は、私とベンソン神父とシノさんの注目を浴びながら、ベンソン神父と逆の私の左隣りのスツールに腰を乗せた。

三人の男は、何も言い出せずにいた。

菫子が現在の仕事に満足していないのを私は知っていた。ミュージシャン仲間では、彼女がやっているような仕事を『お嬢さん芸』と呼ぶのだそうだ。

彼女は今でもコンサートピアニストになる夢を棄《す》てていなかった。

シノさんが珍しく、仕事を忘れて菫子の言葉を待って彼女の顔を見つめている。

シノさんが、他人の個人的な話題にこれほど関心を示すのは滅多にないことだ。

菫子はシノさんに向かって言った。

「ヘネシーちょうだい」

シノさんはようやく自分の仕事を思い出した。彼は細いチューリップグラスに、芳香を放つブランデーを注いだ。

彼が動くことで、ベンソンも自分がどんな顔をしているか気づいたようだった。

彼は言った。

「スミレコ。あなたの言い出すことは、いつも唐突だ。私たちはいつも驚かされる」

「唐突？　そうかしら？　私がパリかウィーンに行きたいという話は以前からしていたつもりだけど……」

「行きたいというのと、行くというのは別のことです。そうですね、シショウ」

ベンソンは私にあいづちを求めた。

私は少なからず動揺していた。

それを気づかれたくなくて口をきかずにいたのだ。だが、ベンソンのせいでそうもいかなくなってしまった。

私は菫子に尋ねた。

「急に話が具体的になったのはなぜだ？」

「とりあえずパリに行って、フランス語の勉強をしようと決めたのよ。音楽の勉強の準備ね。ミュージシャンの友だちが、ここを紹介してくれたの」

彼女はパンフレットを、いつも肩から下げている布製のバッグから取り出した。

四色刷り八ページの立派なパンフレットだった。それに、活字がぎっしりと並んだ小冊子が付いている。

パンフレットには、MASAという大きなロゴが印刷してあった。

ベンソンが尋ねた。

「何ですか、このマサというのは？　NASAの間違いじゃないのですか？」

「なんであたしが航空宇宙局のパンフレットを持ってなきゃいけないのよ。これは、ミューチュアル・エイド・エイジェンシィ・フォー・ステューデント・オブ・アートの略よ。日本語にすると、芸術学生のための相互援助代理店といったところね」

「その……、実際、どういうことをするところなんですか？」

シノさんが尋ねた。

「早く言えば、民間留学の斡旋業ね。それに旅行代理店がくっついたようなものなの。このMASAというのは、パリとかロンドンとか、ボストンとか……、まあ、そういった芸術関係の学生が行きたがる街で、いろいろな世話をしてくれるわけ」

「ほう……？　いろいろな世話？」

ベンソン神父が言った。

「そう。現地で語学の学校を紹介してくれたり、宿やパートタイムの仕事まで探してくれるわけ」

「つまり、こういうことか？」

私は尋ねた。「パリで本格的な音楽の勉強を始めるまえに、MASAとかいう団体を利用して準備をしようというわけか？　フランス語とか、そのほかいろいろな……」

「そう」

「どうも信用できませんね……」

ベンソンが思案顔で言った。「こういうエージェントは、インチキが多いと聞いています」

「あら、あたしは、ちゃんとこのMASAを利用して帰って来た人から話を聞いたのよ。そりゃ、滞在するのは決して高級なホテルなんかじゃないわよ。こわれかけたアパートの一室だったり、下宿だったり……。でも、勉強しに行くんだから、むしろ当然だわ」

「MASAを利用した人というのは、ミュージシャンですか？」

さらにベンソン神父が尋ねる。

「そうよ。ボストンへ行ってたの。ジャズのベーシストよ」

「男性ですね？」

「男よ。でも、どうして？」

「いや……。海外では、とかく女性のほうが危険が多いですからね」

「やだ……。神父さん、取り越し苦労っていうのよ、そういうのを」

「それで、いつ出発なのですか？」

「三日後よ。ちょうど安いアパートの部屋があいたんですって」

「三日後！」

思わず、私を含めた三人の男がそろえて声を上げていた。

菫子は、思いついたら行動に移さなければ気の済まないタイプだ。それもできるだけすみやかに——。

「しかし……」

ベンソンが何か言いかけて言葉を失い、助けを求めるように私のほうを見た。

私はベンソンと眼を合わせなかった。

私は菫子に言った。

「ご両親には話したんだろうな」

「もちろん」

「……で？」

「反対してたわよ。でも、あたしだってもう子供じゃないわ。親からお金をもらって留学するわけじゃないし……」

そう。確かに子供ではない。それに、誰にだって自分の生きかたを選ぶ権利がある。

「そうか……」

私には、それ以上のことは言えなかった。

ベンソンとシノさんは妙に深刻な顔をしている。

「やあね、みんな」

菫子は言った。「今は、高校の修学旅行で海外に行く時代なのよ。パリへ行くくらいが何よ。神父さんだって世界中歩き回ったんでしょう？」

「だが、私の一生は神に捧げているのです」

この神父がこんなことを言っても、冗談にしか聞こえない。「あなたが人生を捧げる人は別のはずです」

「あたしが人生を音楽に捧げると言ったら?」

ベンソンはかぶりを振った。

「そんなことをしたら、たいへん不幸になる人を少なくともひとり、私は知っている」

「ご両親が反対するのは当然です」

シノさんが言った。「私も反対ですね。もう一度よく考えてみてください」

「何度も考えたわよ。そのうえでの結論なの。この話をすると、決まってみんな反対するのね」

「はい」

シノさんはきっぱりと言った。「反対します」

「以前にもこんな話をしたことがあったわね。でも、今回は議論の余地はないの。もう手続きを済ませてきちゃったんだから」

「手続きを?」

「そう。きょうMASAの営業担当の人が仕事場のラウンジまで来てくれたの」

ベンソンとシノさんは顔を見合わせ、同様に溜め息をついてから私のほうを見た。

何とか言えと無言で圧力をかけているのだ。

正直言って、私は意地になっているのかもしれない。余計なお世話だ、という気がした。

菫子には菫子の生きかたがあり、私にも私なりの人生がある。彼女と私の人生が交わるかどうかは神のみぞ知る、なのだ——私は、そう思っていた。

　菫子はヘネシーを二杯だけ飲んだ。

「じゃ、お先にね」

　彼女は帰ろうとした。

「ちょっと待ってください」

　シノさんが言った。「そのパンフレット、よければ置いていってくれませんか?」

「いいけど……、どうして?」

「いえ、ちょっと……」

「MASAのこと、不審に思ってるのなら、心配いらないわよ。私なりにいろいろ調べたんだから」

　彼女はシノさんにパンフレットを手渡した。

「じゃあね」

　私に手を振って、店から出て行った。

　あの笑顔には勝てない、と私は思った。

　菫子はいい女だ。プロポーションもよく、ショートカットでマニッシュな恰好《かっこう》をしているが、自然と色気がにじみ出るタイプだった。

　彼女が出て行くと、ベンソンとシノさんはそろって私のほうを向いた。

「待て」

　私は言った。「あんたたちが言いたいことはわかる。何も言うな」

ふたりは機先を制せられて鼻白んだ。

私はシノさんに尋ねた。

「そのパンフレットをどうするつもりだ？」

「ええ……。どうも気になるんでね。中西にでも調べさせてみようかと思いましてね……。蛇《じゃ》の道は何とやらで、中西は後ろ暗い商売には詳しいはずですから……」

2

中西はキャバクラのボーイをやっている。

彼はシノさんからの電話を受け、仕事が終わってから大急ぎで駆けつけてきた。

私とベンソンは二時半まで彼を待っていなければならなかった。

「何ですか、用ってのは」

中西がシノさんに尋ねた。

「まあ、ビールでも一杯やれ」

「いただきます」

中西はシノさんが注いだビールをうまそうに一息で飲み干した。

シノさんは例のパンフレットを取り出してカウンターに置いた。

中西はそれを見、そしてシノさんの顔を見た。

「このパンフレットがどうかしましたか？」

「菫子さんというのは、おまえもよく知ってるな……」

「もう勘弁してくださいよ、あのころの話は……」

彼は裏ビデオに出演する女を調達する仕事をやらされて、菫子にも声をかけたことがあるのだ。

中西はきまり悪そうに私のほうを見た。私に気を遣っているのだ。私はあえて無視した。

「そんなことはもういいんだ」

シノさんが言った。「その菫子さんが、この会社を利用してパリへ行くとおっしゃってる。このMASAという会社がまっとうなところか、おまえに訊《き》こうと思ってな」

中西はパンフレットを手に取った。

開いてなかかを眺める。

「一見したところ、まともそうですね」

「どうしてわかるのです」

ベンソン神父が尋ねた。

「私がこの手のヤバい商売をやろうとしたら、もっとおいしそうな餌《えさ》をばらまきますよ。地元の学生たちとのパーティーが定期的にある、とか、近くの観光施設をいつでも回れる周遊券が付くとか、ディスコやちょっとしたクラブのメンバーズカードがもらえるとか……」

「そんなことをしたら疑われるだけじゃないですか。人々は、うまい話には警戒心を抱くものだと思いますが……」

「神父さん。私に言わせりゃ、人間なんてどこかでだまされたがってるとしか思えませんね。おいしそうな条件を見せておいて、だいじょうぶだ、心配ない、疑う必要などないと繰り返し言えば、たいていの人間は信じられないくらいコロッとだまされちまうものなんですよ」

「そんなもんですかね……」

ベンソンは不機嫌そうに言った。

彼は中西の言葉に思い当たることがあったのだろう。人間たちの愚かさに腹を立てたに違いない。

この神父の底知れぬエネルギーは怒りが源となっているのではないか、と私はときどき思う。

シノさんが中西に言った。

「おまえが作るとしたら、こんなパンフレットは作らないというんだな?」

「少なくとも、頭の軽い連中をひっかけようとするのならね」

「このMASAという会社にも覚えはないか?」

「ありませんね。だが、兄貴が気になるというんでしたら……」

「兄貴などと呼ぶのはもうよすんだ」

「……そうでした。すみません。シノさんが気になるというんでしたら、いろいろと調べてみますが……」

「そうしてくれるか?」

「わかりました」

中西はパンフレットを縦にふたつに折り、ジャンパーの内ポケットに収めた。

翌日の夜、稽古が終わったところへ、菫子が現れた。

彼女は玄関ではなく、露地を渡って縁側へやってきた。

「どうしたんだ?」

「ちゃんと相談しなかったでしょ。だから……」

「パリ行きの件か?」

「そう」

言いたいことはいくらでもある気がしていた。だが、こうして菫子とふたりになると、何を言っていいのかわからなかった。

私は、自分がこれほど情けない男だったのか、と腹を立てていた。

「上がってくれ。茶を点《た》てよう」

菫子はうなずいて、縁側から上がった。

私は奥の四畳半で席の準備をした。

運びで薄茶を点てた。茶花は竹一重切の花器にツノスミレとニワウメを活《い》けてあった。

まだ炉の季節だが、三月ともなれば釣釜《つりがま》が多くなってくる。私も、竹の自在を使って釜を釣っていた。

釜を釣るために五徳《ごとく》は不要だ。だから、蓋置《ふたおき》に好んで五徳が使われる。私もその習慣に倣《なら》っていた。

茶碗は菫子が昔から気に入っている絵唐津だった。

私は無言で茶を出した。菫子も、飲み干すまでひとこともしゃべらなかった。

空いた茶碗を私が取り込むと、彼女は言った。

「菫の花ね」

「そうツノスミレ……。三月の花だ」

「あたしが来ることがわかっていたみたいね？」

「来てほしいとは思っていた」

私は同じ茶碗で、自分のために一服点てることにした。

「あたしがパリに行くことについて、どう思ってる？」

「正直言って、よくわからない」

「わからない？」

「そう。菫子がコンサートピアニストになるという夢を追いかけたいのなら、俺はそれを応援したいと思う。今、実行しなければ悔いが残るだろう。だが……」

私は言い淀《よど》んだ。

「だが、何？」

「……そうだな……。心配なことは確かだ」

「私に日本にいてほしいと思う？　この富士見が丘に？」

私は、迷ったが、結局、うなずいた。

「それが知りたかったの」

「本心だよ……」

「もうひとつ訊いていい？」

「何だ？」

「あなた、あたしに隠していることがあるでしょう？」

「隠していること？」

「富士見が丘の人々は、何か騒ぎや面倒ごとが起こると、必ずあなたのところにまず知らせにやってくるわ。ベンソン神父も、シノさんも、あなたについて、あたしの知らないことを知っているような気がするの」

私は茶を干して、じっと茶碗を見つめていた。そろそろ、話すべきなのだろうと思った。

「俺の家が代々剣術の道場だったのは知っているな」

「もちろんよ。お茶の道場になったのは、あなたのお父さんの代からでしょう？」

「そうだ。曾祖父は剣の達人だったが、大陸に従軍した際に、中国の拳法に触れ、すっかり魅了されてしまった。根っからの武術家だったんだ。曾祖父は、北派拳術の羅《ら》漢《かん》拳《けん》、通《つう》臂《ひ》拳《けん》、そして、中国武術の奥義《おうぎ》とされている八卦掌《はっけしょう》を学んで帰国したんだ」

「よくわからないけど、つまり、中国拳法を体得してきたということね」

「そうだ。帰国後、曾祖父は大東流合気柔術や空手を学び、独特の拳法を練り上げた。俠客たちと町の住民を守るために大暴れし、技を磨いたというんだからたいへんな男だったらしい。それだけ技は実戦的になった。その時代からわが家は地回りなんかから一目置かれている」

「へえ……」

「そして、君も知っている俺の祖父だが、彼も剣術と曾祖父が作り出した拳法の達人だった。彼も侠客たちの意気に感じて、街で暴れ回り、その筋の人々と義兄弟の契《ちぎ》りを結んだりしている。そういった当時チンピラだった連中が、今では全国で組を束ねる立場にあるというわけだ」

「今でもそのつながりは絶えていないわけ？」

「義理堅いのが多くってね」

「驚いた……。それで、あなたも、その拳法を習ったわけ？」

「わが家の男子はすべて物心つくころからみっちりと仕込まれるしきたりになっている。例外はない」

「いつか、本物のマフィアを三人やっつけちゃったことがあるわね。これで納得がいったわ」

「あれは失策だった」

「どうしてあたしに隠していたの？」

「なぜだろうな……。君のまえでだけは、頼りなくだらしのない男でいたかったのかもしれないな……」

董子はその言葉の意味を考えているようだった。

私も考えていた。

しばらくして、董子が言った。

「帰るわ。今夜はありがとう」

「シノさんの店へ行かないか」

彼女はほほえんで小さくかぶりを振った。

「旅行の準備があるから……」

「そうか。出発はあさってだったな……」

彼女はうなずき、そして茶室から去って行った。

3

シノさんの店へ行くと、ベンソン神父が来ていた。カウンターにいるのは彼だけだった。入口から見て左手がカウンターで、右手の壁際にふたつだけテーブル席がある。そのひとつに、近所の商店街の顔なじみが三人すわっていた。

私はベンソン神父の隣りに腰を降ろした。

シノさんは、ブッシュミルズのボトルを私のまえに置きながら言った。

「夕方、中西が電話をかけてきましてね」

「うん」

「例のMASAね。どうやらまともな会社らしいですよ。ジャズプレーヤーや、本格的にアレンジをやろうというようなミュージシャンは、けっこう利用しているそうです。デザイナーなんかも利用しているそうですよ。一種の互助会みたいなものらしいですよ」

「ほう……」

私はブッシュミルズをオン・ザ・ロックにしてもらい、口にふくんだ。すばらしい芳香。

ふと私は気づいて言った。「しかし、互助会というのは積み立てをするわけでしょう？　菫子からそんな話は聞いたことはない」

「積み立てなくても、それ相当の金額さえ払えば条件を満たすんじゃないんですか？　とにかく、MASA自体は怪しげな団体ではなかったということです……」

「そうですか……」

「シショウ。シノさんはね――」

ベンソンが言った。「このMASAがいかがわしいやつらだったらよかったと思ってたのですよ」

「なぜです？」

「そうすれば、スミレコをパリに行かせないで済むでしょう」

「そういうことです、若……」

シノさんは淋しそうに言った。

私はブッシュミルズを一口ごくりと飲んだ。ふたりに言う。

「さっき、菫子とは話をしました」

シノさんとベンソンがそっと視線を交わすのがわかった。

「どんな話をしたのですか、シショウ」

ベンソンが尋ねた。

「俺は、彼女に、この富士見が丘にいてほしいと本心を語りました」

ベンソンとシノさんは何も言わなかった。テーブル席の連中は、耳を澄ましていたようだが、おそらく私たちの会話は聞き取れなかったに違いない。

　私はさらに声を低くして言った。

「そして、俺は、わが家に伝わる拳法の話をしました」

　ベンソンが私のほうを向いた。

「シショウがその拳法を身につけていることも話したのですか?」

「話しました」

「今まで秘密にしていたのに? 　なぜです?」

「今、話しておかなければならないような気がしたのです。理由はありません」

「シショウ。あなたはスミレコといっしょにパリへ行くべきだ」

「行ってどうするのです?」

「どうするかは、ふたりで決めるといい。だが、今、ここで別れてしまってはいけない。それだけははっきりしています」

「私もそう思いますね」

　シノさんが言った。

　だが、私は行かなかった。

　そして、菫子は素《そ》っ気《け》ないほど何のこだわりもなく、成田からフランスへ旅立って行った。

彼女が去って行っても、私は、あいかわらずシノさんの店でブッシュミルズを飲んでいた。

そこへベンソン神父が入ってくる。目礼をかわす。いつもと同じだ。

だが、ヘネシーを注文する客がひとり減っていた。

ベンソンも、シノさんも、そして私もその夜だけは押し黙りがちだった。

突然、出入口のドアが開いて、店に飛び込んできた男がいた。

中西だった。彼は血相を変えていた。思わずシノさんが訊いた。

「どうした、中西」

「すみません、シノさん。もっと念入りに調べてから報告すべきだったんです」

「MASAのことか？」

「気になったんで、直接行っていろいろ調べてみたんです。そうしたら、現在、MASAではパリへの斡旋はやっていないというんです」

「……確かか？」

「はい。フランスは、テロ事件の多発やらで一九八六年から、西ヨーロッパで唯一ビザが必要な国になりました。そのとき以来、入国の審査や条件が厳しくチェックされるようになり、事務仕事に時間が取られるようになったというのがひとつの理由。もうひとつの理由は、やはり、パリは今物騒なんで、送り込んだ学生に対して責任を負いきれないと……」

「それじゃあ……」

シノさんは、一度、ちらりとベンソンと私を見て言った。「それじゃあ、今回の菫子さんの話は何だったというんだ?」

「MASAで訊いたら、そういう契約はないということです。つまり、何者かがMASAの名を騙《かた》ったってことでしょう」

「詐欺ですか?」

ベンソンが言った。「スミレコは、パリに着いてから路頭に迷うことになる……」

「それだけならいいんですがね、神父さん」

中西は苦しげに言った。「こういう場合、菫子さんは、ちゃんと宿と仕事だけは世話されるんですよ。宿というのは、安ホテルの一室か、男の部屋で、仕事というのは、売春です」

ベンソンは言い返さなかった。聖職者というのは、聖なる世界だけを見つめている理想論者と思われがちだ。しかし、神父は世界中でありとあらゆる人間の告解を聞くのだ。警官の次に悲惨な日常を知っている職業かもしれない。中西の言葉に抗《あらが》えない現実を感じ取ったのだ。

シノさんもその話を認めざるを得ない、という顔をしている。

中西は説明した。

「普通の女がそんなに簡単に売春婦になるはずがないとお思いでしょう、師匠。でもね、敵は女より数倍役者が上なのです。まず、女からパスポートと有り金全部を取り上げ、部屋に軟禁します。これだけで、ほとんどの女は絶望します。絶望こそがやつらの狙いです。

そして、何人もの男が毎日、犯し続けるのです。時には薬を使うこともあります。そうして、西洋人向けの日本人コールガールができ上がるわけです」

「若！」

シノさんが言った。

私はうなずいた。

「明日のうちにビザを取って、パリに立つ」

中西が言った。

「知り合いの旅行代理店のやつに話をつけておきました。きっとそう言うだろうと思って……。そいつを訪ねてください」

彼は、名刺を私によこした。

「私も行きますよ」

ベンソンが言った。

「いや、神父さん……」

ベンソンは私の言葉をさえぎった。

「シショウ。私は必ず役に立ちます。シショウひとりでは手に負えないこともあるでしょう」

「教会はどうなるのですか？」

「留守のあいだ、誰か代わりに来てくれるでしょう」

「中西」

シノさんが言った。「この神父さんの分のチケットも予約してさしあげろ」

「わかりました」

中西は電話をかけた。

フランスのビザは、領事館へ行けば即日発行される。

私とベンソンはパリへ向けて飛び立った。日航の直行便はシャルル・ド・ゴール空港に着陸した。

サテライトから動く歩道に乗ると、円型のターミナルビル四階にある出入国検査場へ出た。

なるほど、イエズス会士は長い歴史が証明するように、一流の旅人ぞろいと見える。ベンソンは、まったく躊躇《ちゅうちょ》することなく進み、私は、ただ彼のあとについて行けばよかった。ベンソンは片言だが充分に通じるフランス語をしゃべった。無鉄砲にひとりで乗り込んでこなくてよかったとつくづく思った。

パリの街並は古い。だがその古さは見すぼらしさとは無縁だった。

五月から十月にかけては、毎日夜になると、記念建造物が照明を受けて闇のなかに浮び上がるのだという。

今は三月。その光のショーは土・日と祝祭日にしか見られない。

しかし、そんなことはどうでもよかった。私は菫子の居場所を見つけなければならない。

「とりあえず、宿を決めましょう」

ベンソンが言った。彼は電話をかけ、たちまち、宿泊場所を見つけた。彼は言った。

「私たち聖職者は、世界中どこへ行っても宿に困ることはありません」

私たちはモンマルトルの片隅にあるカトリックのささやかな修道院に宿泊することになった。

修道院と聞くと、たいへん堅苦しいところを想像するが、それはいわゆる祈禱会《きとうかい》を連想するからだ。修道院には、もうひとつ活動会というのがあって、普通の人と変わらぬ生活に見えるところもある。私たちが泊めてもらった修道院は、この活動会に属していた。

ベンソンはさっそく電話を借りて、情報をかき集め始めた。

イエズス会をはじめとするカトリック司祭たちの情報をあなどってはいけない。カトリックの神父はどんな国のどんな田舎町にも入り込んでいくのだ。

「パリでがらの悪い場所といったら、このモンマルトル地区のクリシー通りの周辺と、モンパルナスのある一部と相場が決まっています。じき、何かわかるでしょう」

ベンソンが私に言った。私はすっかり無口になっていた。慣れない海外旅行で疲れてもいた。しかし、何より苛立《いらだ》っていた。

その日は、何もわからずじまいだった。私は出された食事を半分以上残してしまった。夜は時差のせいばかりでなく、まったく眠れなかった。

翌日は朝の七時にはベッドを出ていた。ほとんど寝ていないが、眠れる気分ではなかった。

ベンソンはすでに起きて朝のミサに出ているのだろう。聖職者の朝は、茶人同様、早い。けたたましいノックの音がした。ドアを開けると、ベンソンが顔を出した。

「すぐに身じたくをしてください、シショウ」

「だいじょうぶ。このとおり、いつでもでかけられますよ」

「スミレコの居場所がわかりました。ある教区の神父がついいましがた電話をくれたのです。その神父の教区に住む酒場の主人が、スミレコらしい日本人を下宿させたと、けさのミサに出たときに言っていたのだそうです」

私は上着をひっつかんだ。ベンソン神父は、背広のなかに丈の短い略式の法衣を着ていた。

外へ出ると神父は言った。

「私の勘は当たっていました。彼女はクリシー通りの近くにいます。ここから歩いて十五分ほどのところです」

「それで、彼女はまだ無事なんですね?」

「そこまではわかりません。無事であることを祈ろうではありませんか」

明かりが消え、弱々しい陽の光に照らし出されたクリシー通りはひどくよごれて見えた。ベンソンは、さらに暗い路地へ入っていった。両側に安ホテルが並んでいる。その通りが、別の通りと交差する一角に、目的の酒場があった。表の入口は閉まっている。

ベンソンが裏の階段を見つけた。

「こっちだ、シショウ」

ふたりで二階に駆け昇り、最初のドアを叩いた。三分も叩き続けていると、ようやく太った背の低いフランス人がドアの隙間《すきま》からこちらをのぞいた。チェーンはかけたままだ。ベンソンとその太ったフランス人が、フランス語でやり取りをした。太った男は酒場の主人なのだろう。

彼はたいへん不機嫌そうだった。おそらく早朝のミサに出てからベッドに入ったのだろう。寝入りばなを叩き起こされたのだ。しかし、相手が神父とあって、邪険な態度も取れずにいた。

太った酒場の主人はあらためてドアを開け、別のドアを指差した。

ベンソンは礼を言って、男の額に十字を切り祝福してやった。信心深い男らしく、彼は満足そうにほほえんだ。

「あれがチップの代わりになるんですか?」

私はベンソンに尋ねた。

「そう。聖職者の特権です」

酒場の主人が指差したドアを、私は拳で叩いた。

このあたりでは、午前中に大騒ぎする者はいないらしい。すぐに、そばの窓が開いて、大声で抗議された。私は取り合わなかった。だいいち、言葉がわからない。ドアを叩き続けた。

ようやくドアのむこうから「どなた?」という意味のフランス語が聞こえてきた。間違いなく菫子の声だ。

「俺だ。ドアを開けてくれ！」

すぐに鍵を解く音がしてドアが開いた。

菫子は目を丸くした。ナイトガウンを羽織っている。まだ寝ていたようだ。

「どうしたの？　いったい、神父さんまで……」

「とにかく、なかで話をしよう」

「どうぞ……。狭いところだけれど」

言葉のとおり、たいへん狭い部屋だった。ベッドが部屋の大半を占領している感じだ。

「ね、説明してよ、いったいどういうことなの？」

私とベンソンは顔を見合わせた。

「どうやら、間に合ったようですね」

ベンソンが私に言った。私はうなずいた。

「何のことよ……？」

私は菫子に、事の子細を説明した。

菫子は、私とベンソンの顔を何度も見比べた。

「……信じられないわ……」

「とにかく、すぐ日本に帰るんだ」

「だめなの……」

「どうしたんだ？」

「手続きにいろいろ必要だからって、パスポートをあずけるように言われたのよ」

私とベンソンは目を見合った。

「すぐに返すからと言われて……。私はMASAの人だと思って信用しきっていたのよ」

「日本人は人がいい」

ベンソンが言った。「いいですか。今後は、親に言われてもパスポートを手渡したりしないことです」

「とにかく、それを取り返さなくてはならないな……」

私とベンソンは、その日から、菫子をぴたりと尾行し、夜は菫子の部屋へ泊まり込むことにした。泊まるといっても、毛布一枚を体に巻きつけ、床で寝るのだ。部屋は狭くて私とベンソンは満足に脚を伸ばすこともできない。

毛布にくるまったベンソンが言った。

「私に遠慮せずに、スミレコといっしょにベッドを使ってください」

「余計なことを言わんでください」

そうして三日経った。

三日目の夜に、菫子の部屋を男が訪ねてきた。日本人だった。

私とベンソンは、窮屈な洗面所に隠れなければならなかった。バスタブのない、粗末なシャワーが付いただけの洗面所だ。ひび割れの入った便器のトイレといっしょになっている。

「パスポートを返してください」

菫子の声が聞こえてきた。

「申し訳ありません。あと、二、三の手続きがあるので、もうしばらくお待ちください」

「今すぐ返してくださらなければ、警察か日本領事館に訴えます」

「なぜです?」

驚いたような男の声だった。「私はこれまで何ひとつ契約を破っていない。違いますか? そして、今夜は約束どおり、お仕事の世話をしようと思ってやってきたのです」

その男がフランス語で何か言った。ドアが開き、複数の靴音が聞こえ、勢いよくドアが閉まる音が聞こえた。

「何なのこの人たち」という菫子の声。やがて揉み合う音が聞こえ始めた。

「どういうつもりなのよ?」

「割のいいパートタイムの仕事ですよ」

そのあとはまた揉み合う音になった。

「悲鳴を上げても無駄です。ここはそういう場所なのです」

ベンソンが私の肘をつついた。

「さ、シショウ。われわれの出番です」

私は迷わず洗面所のドアをさっと開けた。

目のまえで展開されている光景に、私は血が逆流するのを覚えた。

ふたりのフランス人が菫子をベッドにおさえつけ、もうひとりがジーパンを脱がそうとしていた。ジッパーが降ろされ、下着が露《あら》わになっている。ベッドの脇に立ってその光景をにやにやと眺めていた日本人がさっと懐《ふところ》に手を入れるのが眼に入った。

私は、滑るように進んだ。一歩半でその日本人は私の間合いに入った。

彼はドイツのワルサーPPKを抜いた。構えるまえに、私の下から跳ね上げる足刀《そくとう》が彼の手首に決まっていた。手首の骨がひしゃげるのがわかった。ワルサーは天井にぶつかり、床に転がった。

手首に限らず関節の骨をいためたときの痛みはすさまじい。日本人は恥も外聞もなくわめいた。

私は、まったく無防備な相手の顎に、左右から連続して五発ほどのフック気味の拳を見舞った。脳をシェイクしてやったのだ。

男はひとたまりもなく眠った。

三人のフランス人は、信じられぬものを見る眼で私を見ていた。私のスピードに度肝を抜かれたのだ。

どの顔も凶悪だった。一目でギャング組織の連中とわかる。

菫子のジーパンに手をかけていた男が罵声を発してナイフを抜いた。こういう連中は迷いもなくナイフを使う。

ナイフがおそろしくない人間はいない。触れるだけでも、どこかが確実に傷つけられるのだ。だが、そのときの私は怒りが恐怖をはるかにしのいでいた。

相手が突いてきた。

私は、上体だけを反らし、足を動かさなかった。自然と空手の後屈か猫足のような立ちかたになる。軽く手をそえるだけで、ナイフの一撃はそれた。

その状態でやるべきことはひとつだ。私は手でナイフを持つ手をさばきながら、前方の足を鋭く蹴り上げた。

私の蹴りは相手の股間に見事に決まった。相手は不気味なうなり声を上げて体を折った。顔が目のまえの高さにある。私は、その首をかかえ、引き落とすと同時に、顎に膝を叩き込んだ。

相手の膝ががくりと折れ、そのまま床に崩れ落ちた。

菫子をおさえていたふたりのフランス人が同時に立ち上がった。

片方はたいへんな大男だ。おそらく百九十センチ百キロはあるだろう。

ベンソンが、その大男の襟首をうしろからつかまえて引いた。大きい獲物に挑戦せずにはいられないアイルランド人の血だ。

大男が振り向いた。とたんにベンソンは相手のテンプルにフックを見舞った。大男は、わずかに顔をそむけただけだった。

ベンソンは毒づき、鳩尾《みぞおち》に、二発続けてボディーブローを打ち込んだ。大男は半歩退《さ》がっただけだった。効いていない。

私のほうにかかってきた男はただ粗暴なだけだった。パンチを見切って、二発ほど開掌で顔面を張ってやった。そのとき、バレーボールのスパイクの要領で手首のスナップを効かせてやる。それだけで軽い脳震盪《のうしんとう》を起こし足がふらついた。

私は小さく膝をかい込んで、腰を切り、シャープな回し蹴りを見舞った。靴の先が脇から背にかけての腎臓に当たるように狙った。爪先が腎臓にめり込むと、男は痛さのために声も出さずに気を失った。

ベンソンを見ると、派手なナックルファイトを展開していた。ふたりとも口のなかや唇を切り、顔面を血で染めていた。

「楽しんでいるのならそれでいいが」

私はベンソンに言った。「早く片をつけたいのなら、その方法じゃだめですよ」

ベンソンは口惜しげに言った。

「オーケイ、シショウ。あなたにはかなわない。バトンタッチです」

ベンソンと私は入れ替わった。狭い部屋のなかでは逃げ回ることはできない。インファイトするのが最良の方法だ。

ベンソンが派手な殴り合いを演じてくれたおかげで、大男は殴ることだけを考えていた。彼はパンチを見舞おうと体をひねり、一歩前へ出ようとした。その瞬間、私は滑るように歩を運び、相手の膝を足刀で蹴り降ろした。

相手の足が不自然な角度に曲がった。膝が折れていた。大男は情けない悲鳴を上げた。床に倒れ、胎児のように体を丸めて膝を両手でおさえている。

私は菫子に近づき尋ねた。

「だいじょうぶか?」

菫子はまったくの他人を見るような眼つきで私を見ている。精神的ショックを受けているのだ。

私は、まだ眠っている日本人の頬を張って意識を取り戻させた。

「パスポートをもらおうか?」

私は彼に言った。男は、ぽかんとした顔をしている。目が覚めたばかりで、まだ何が何だかわからずにいるのだ。

「彼女のパスポートだ」

男は部屋のなかを見回して、ようやく起こったことを悟ったようだ。

「おまえたちは何者だ?」

男は虚勢を張っている。私は、平気で頬を張りその虚勢を吹き飛ばした。男は私の激しい怒りに気づいた。

「俺たちが誰か、なんてどうでもいい。早く彼女のパスポートを持ってくるんだ」

「俺は持ってない。組織のやつらに渡した。偽造パスポートとして使われるんだ」

「持って来い。俺たちはここで待っている」

「冗談を言うな。全員殺されちまうぞ。俺も含めてだ。おまえはとんでもないことをやっちまったんだ」

ベンソンが脇から言った。

「その男が言ってることは嘘ではないね、シショウ」

私は、おびえきった日本人を見下ろしながら立ち上がった。

私はベンソンに言った。

「この手だけは使いたくなかったが……。しかたがない、神父、あなたはイタリアにコネを持ってますね」

「もちろん。ローマ・カトリックの御膝下《おひざもと》です」

「俺の父を探し出して、事情を話してやってください。すぐに」

ベンソンの顔がぱっと輝いた。

彼は下の居酒屋に電話をかけに行った。

父の居所がわかったのは三十分後だった。それまで、私は、三人のフランス人とひとりの日本人を睨みつけていなければならなかった。

もっとも、そのうちふたりはまだ気を失っており、残るひとりのフランス人と日本人もすでに戦意を喪失してぐったりしていた。

ベンソンは戻ってきて言った。

「話はわかった。いつまでも親に面倒をかけるな――それがシショウへの伝言です」

それからほどなく、顔色を失ったフランスのギャングがふたり現れた。

彼らは、私とベンソン、そして菫子をじっと見つめた。ふたりとも仕立てのいい服を着ている。片方が、私を睨みながらベッドの上に日本のパスポートを放った。私はそれを手に取り、菫子のパスポートであることを確認した。

私はベンソンと菫子に言った。

「もうここには用はない。行こう」

まずボストンバッグを下げた董子が最初に部屋を出た。次がベンソン、そして最後が私だった。

私たちが出たとたん部屋のなかでは激しいフランス語による罵り合いが始まった。

4

「どういうこと?」

とにかく、安いがまともなホテルに落ち着くと董子は尋ねた。

私はこたえた。

「俺の父親がマフィアの娘と結婚しただろう」

「このあいだ日本に帰ってらしたのはそのためだったわね」

「その娘の父親はカポと呼ばれるシチリアン・マフィアのボスのひとりだ。たいへんな勢力を持っている」

「そう」

ベンソンが続けた。「そのカポが、フランスにいるマフィアに連絡したのです。マフィアがパリの組織に圧力をかけた。パリのギャングどもだって、マフィアと事を構えるのは避けたいのです。それで、慌《あわ》ててあの部屋へパスポートを持って駆けつけたというわけですよ」

董子は急に元気をなくした。

「ごめんなさい。あたし、迷惑ばかりかけて……」

「そんなことはいいんだ。無事だったんだから」

窓から丘の下に広がるパリの街の灯《ひ》が見えた。それは建物と建物の間に見えているに過ぎなかったが、充分に美しかった。

ベンソンが言った。

「では、シショウ。私は、修道院へ戻っています」

気をきかせているのだ。

私はある覚悟を決めた。

「いや、神父さん。神父さんにも聞いておいてもらいたい」

私は菫子のほうを向いた。「今から言うことは、君の夢を棄てさせることになるかもしれない。だが、俺ははっきりと言うことにする」

私は息を吸い込んだ。「俺と結婚してくれ。そして、富士見が丘に住んでくれ」

菫子は、私だけを見つめた。私と菫子はベンソンのいることも忘れた。

彼女は言った。

「女はいつも、もうひとつの夢を持っているのよ。あなたはそれに気づいてくれなかった。その夢がかなうなら、片方の夢は棄ててもかまわないわ」

「そのもうひとつの夢に、今気づいた」

菫子は私の胸に静かにもたれてきた。私は彼女を抱いた。

「富士見が丘に帰りましょう」

彼女はそっと言った。

どれくらいそうしていたろう。彼女が私から身を離した。

しきりにベンソンがうなずいているのが見えた。

ベンソンが言った。

「式はもちろん富士見が丘教会でやってくれるのでしょうね」

「ということは」

私は言った。「司祭はあなたということになる」

「そのとおりです。いい式になるでしょう」

私が複雑な顔をしていると、菫子がくすくすと笑い出した。

私はそのとき、菫子がいつもシノさんの店で飲むヘネシーのかおりを思い出した。

芳醇な笑顔だ。

解説

西上心太

落語のネタに三題噺《さんだいばなし》というものがある。これはお客から任意の〈お題〉を三つ頂戴《ちょうだい》して、即興で噺を作りあげ披露するものだ。物の本によれば、文化一年（一八〇四年）に初代三笑亭可楽《さんしょうていからく》が寄席で最初に行なったらしい。その後、江戸末期の文久年間に大流行し、多くの愛好家グループまで生まれた。特に有名だったのが、河竹新七《かわたけしんしち》（後の默阿弥《もくあみ》）や仮名垣《かながき》魯文《ろぶん》、三遊亭圓朝《さんゆうていえんちょう》らの〈粋狂連〉だったという。こうして完成し、圓朝により口演されたのが『鰍沢《かじかざわ》』や『芝浜《しばはま》』という名作だ。『鰍沢』は鉄砲、卵酒、毒消しの護符が〈お題〉で、道に迷った旅人に毒を飲ませ、路銀を頂戴しようという心中崩れの元花魁《おいらん》が登場し、雪深い山中で凄味《すごみ》のある物語が展開される。一方、芝浜、革財布、酔っぱらいという三題を纏《まと》めたのが『芝浜』で、芝の海岸で大金入りの財布を拾った魚屋の運命の変転を通じ、夫婦の情愛が浮かび上がる人情噺だ。これらの話は多くの名人たちによって磨きをかけられ、現在でも大ネタとして演じられているのでご存じの方も多いだろう。

〈私〉が行きつけのバーでグラスを傾けていると、誰かしらがトラブルのタネを持ち込み、心ならずも〈私〉がその解決に奔走する。一九八九年に実業之日本社から出版された本書（『男たちのワイングラス』改題）は、そのような枠組みの連作短編集である。

噺家ならぬ手練《てだ》れの小説家の頭に〈酒場・武道の達人・トラブルバスター〉という〈お題〉が浮かび、一気に書き上げた……。それが本書を読んだ時の印象だ。もちろんそんな簡単に作品が誕生するわけはないだろうが、読む側に作者の苦労を感じさせないサラリとした感触の作品であることから、ふと落語の三題噺を連想した次第である。

さてそんな印象を受けた本書の魅力は、次の三点に集約されるだろう。

①主人公の設定
②魅力的な脇役たち
③リアリティあふれる格闘シーン

まず①である。本書の骨格を決める〈お題〉（テーマ）に通じるところがあるが、主人公の〈私〉は武道の達人という設定になっている。ところが単なる武道家という位置づけではなく、本業は茶道の師匠というミスマッチな設定がおもしろい。〈私〉の実家はもと示然《じねん》流の剣術道場であった。しかも大陸に従軍した曾祖父は、かの地で出会った羅漢《らかん》拳《けん》・通臂《つうひ》拳《けん》・八卦掌《はっけしょう》といった中国武術に独自の工夫を施した独特の拳法を編み出し、一子相伝の秘技として代々これを伝えたのである。ところが〈私〉の父親の代から剣術道場を止《や》め、なぜか相山流という茶道の看板に掛け替えてしまったのである。しかし〈私〉にも、この秘技はしっかりと伝わっている。

この設定が充分に生かされたのが、第二話の「ヘネシーと泡盛《あわもり》」だろう。沖縄空手の達人で武芸の旅を続ける屋部朝徳《やべちようとく》に挑戦された〈私〉は、彼を茶室に招き、殺気を発する相手と対座して、お点前《てまえ》を行なうのである。

〈私は服紗をさばき、棗と茶杓を清めた。自分の心を澄まして、朝徳の呼吸を読んでいた。朝徳は、じっと正座したまま動かない。彼は、剣で言えば『一の太刀』に当たる、渾身《こんしん》の力を込めた一撃で勝負を決めようとするだろう。（中略）
茶筅を湯に通し終え、棗から茶をすくったとき、私は、はっとした。朝徳の気配が消えていた。（中略）
朝徳のことは忘れ去り、湯の具合に集中した。水指から、柄杓で水をくみ、わきたつ釜の湯のなかへ入れる。（中略）
すかさず柄杓を茶碗の上で返して湯を茶の上に注ぐ。（中略）
茶筅を取り、茶碗のなかで躍らせる。茶の精が生き返った。部屋じゅうに芳香が満ちる。
私は満足した。その瞬間、すさまじい衝撃を感じた。〉

お点前に取りかかりつつ、〈私〉は相手の気息をうかがう。わずかな呼吸の乱れを感じ取るが、敵もさる者、不慣れな茶道の流れに同化して気配を消してしまう。朝徳の武術家としての非凡さに直面しながら、〈私〉もまた対面する敵の存在を頭から消し去り、お点前に集中する。そして静謐《せいひつ》な空気を破る一撃……。

今野敏は空手道三段、棒術五段という武術家の顔を持つだけあって、格闘シーンの迫真性は群を抜いている。だがそれにしても茶道と武道を同じ俎上《そじょう》に載せた〈静謐な死闘〉は、あらゆる小説の格闘シーンの中でも白眉といってよい名シーンではなかろうか。

生涯にただ一度まみえることを意味する一期《いちご》一会《いちえ》という言葉は、茶道だけでなく、武道にも通じるものなのであろう。一見ミスマッチな主人公の設定も、両道の本質を見据えた作者の目があったからこそなのかもしれない。

次は②である。小説も映画も、主人公だけでは物語は成り立たない。主役を〈喰う〉ほどの魅力的な脇役の存在が、面白い小説には不可欠である。その点本書には不足はない。まず脇役の筆頭が、五十歳代らしいのに三十歳代にしか見えない富士見が丘カトリック教会の神父、ファーザー・ベンソンだろう。〈神の兵士〉を自認して、富士見が丘町界隈のトラブル解決のために〈私〉を焚《た》き付け、自らも渦中に身を投じるという、説教よりも行動が得意そうな、熱き血潮のアイルランド人である。

もう一人が、〈私〉や神父が集《つど》う、バー〈シノさんの店〉のバーテン・シノさんだ。年齢は四十歳くらい、神父と違い感情を表に現さない無口な男である。だが神父同様、わけありの過去を背負っていることが徐々に判明してくる。物語のほとんどがこのバーから動き出すだけに、地味ながらなくてはならない存在である。

三人目が〈私〉の幼なじみで、五歳年下で二十五歳になるピアニストの三木《みき》菫子《すみれこ》だ。誰もが振り返るようないい女なのであるが、お茶の師匠という〈私〉の職業をいつも軟弱と言い募る。だが〈私〉は羨望《せんぼう》の裏返しと受け流している。これは〈私〉は菫子の前では武道家の顔を見せず、ただのお茶の師匠で通しているためだ。『スーパーマン』のクラーク・ケントとロイスの関係を思わせる設定といっていいだろう。菫子に惚《ほ》れているのに〈私〉は態度をはっきりさせず、その気持ちを知ってか知らずか、菫子はフランスへ留学するなどといって〈私〉をやきもきさせる。二人の間のなりゆき具合も本書のお楽しみの一つとなっている。

そうだ、最も大事な脇役を忘れていた。いうまでもなく〈シノさんの店〉で出される酒である。本書の作品名がすべて酒づくしになっているように、酒抜きではこの物語を語ることはできない。

アイリッシュウイスキーのブッシュミルズは、〈私〉とベンソン神父のお気に入りだ。強烈なスモーキー・フレイバーを持ち、洗練とは対極の荒々しい大地の味がするこの酒は、頑固で芯が通った彼らが飲む酒にふさわしい。また菫子はいつもコニャックのヘネシーだ。馥郁《ふくいく》とした芳香を放ち、口当たりもよいけれど度数も高い。薫子の性格にぴったりではないだろうか。

このように酒を単なるファッション的な小道具ではなく、その酒を通してそれを飲む人間のキャラクターを浮かび上がらせるように扱っているのである。まさに作品に厚みを持たせる名脇役といっていいだろう。

③はすでに茶室のシーンで詳述した通りであるが、他のどんなシーンを見ても格闘家の心理や格闘技の理屈に合った描写が為《な》されており、この分野における今野敏は他の追随を許さない存在と言い切ってしまってもいいだろう。

今野敏は今も武道家らしい若々しい外見を保っているので、つい忘れてしまいがちであるが、大学在学中という早いデビューだったため、すでに作家としてのキャリアは二十年を越えている。しかも昨年末に発売された講道館黎明《れいめい》期の柔道家、西郷四郎《さいごうしろう》の評伝小説『山嵐』で、著書がすでに百冊を数えるという。しかし筆者にとっては、今野敏は今が〈旬〉の作家であるという印象が強い。

格闘技アクション小説の書き手という殻を破り転機となった作品が、パソコンゲームに隠された秘密をめぐるサスペンス小説の『蓬萊』（一九九四年）であろう。以降、連続殺人の容疑者となった女子高生を追いながら、現代の風俗を鋭く捉《とら》えた警察小説『リオ』（一九九六年）、いじめ問題にユニークなアプローチを試み、少年の成長を描いた『慎治』（一九九七年）、刑事の父とダンスにうちこむ息子の交流を描いた『ビート』（二〇〇〇年）など、力作を次々に発表している。中でも忘れてはならないのが、古くから書き継がれていた安積《あずみ》警部補を主人公とする、新ベイエリア分署シリーズの『残照』『陽炎』（二〇〇〇年）であろう。

このように、近年の今野敏は、ユニークなサスペンス小説と警察小説、格闘技小説、武道家の評伝風小説という三つの柱を確立し充実の度を高めている。

まさに今最も注目すべき〈旬〉の作家の作品を堪能されたい。

（にしがみ・しんた／文芸評論家）

本書は一九八九年に実業之日本社（ジョイ・ノベルズ）より刊行された『男たちのワイングラス』を二〇〇一年文庫化にあたり改題しました。二〇一二年訂正の上、新装版として刊行。本作品はフィクションであり、登場する人物名、団体名など全て架空のものであり現実のものとは一切関係ありません。

Haruki Bunko
ハルキ文庫

こ 3-36

マティーニに懺《ざん》悔《げ》を 新装版

著者 今《こん》野《の》 敏《びん》

2001年2月18日第一刷発行
2012年9月18日 新装版 第一刷発行

発行者 角川春樹

発行所 株式会社角川春樹事務所
〒102-0074 東京都千代田区九段南2-1-30 イタリア文化会館

電話 03(3263)5247(編集)
03(3263)5881(営業)

印刷・製本 中央精版印刷株式会社

フォーマット・デザイン 芦澤泰偉
表紙イラストレーション 門坂 流

ISBN978-4-7584-3686-1 C0193 ©2012 Bin Konno Printed in Japan
http://www.kadokawaharuki.co.jp/[営業]
fanmail@kadokawaharuki.co.jp[編集] ご意見・ご感想をお寄せください。

残照
今野 敏

台場で起きた少年刺殺事件に疑問を持った東京湾臨海署の
安積警部補は、交通機動隊とともに首都高最速の伝説のスカイラインを追う。
興奮の警察小説。（解説・長谷部史親）

陽炎 東京湾臨海署安積班
今野 敏

刑事、鑑識、科学特捜班。それぞれの男たちの捜査は、
事件の真相に辿り着けるのか？　ST青山と安積班の捜査を描いた、
『科学捜査』を含む新ベイエリア分署シリーズ、待望の文庫化。

最前線 東京湾臨海署安積班
今野 敏

お台場のテレビ局に出演予定の香港スターへ、暗殺予告が届いた。
不審船の密航者が暗殺犯の可能性が——。
新ベイエリア分署・安積班シリーズ、待望の文庫化！（解説・末國善己）

半夏生 東京湾臨海署安積班
今野 敏

外国人男性が原因不明の高熱を発し、死亡した。
やがて、本庁公安部が動き始める——。これはバイオテロなのか？
長篇警察小説。（解説・関口苑生）

花水木 東京湾臨海署安積班
今野 敏

東京湾臨海署に喧嘩の被害届が出された夜、
さらに、管内で殺人事件が発生した。二つの事件の意外な真相とは⁉
表題作他、四編を収録した安積班シリーズ。（解説・細谷正充）